1　梅の古木・樹齢不詳

2　メジロは必ず二羽でやって来る

3　梅採取、夏が来る

4　カワハギを釣る

5　戸田・御浜岬の朝

6　下北半島の春を彩るレンゲツツジ

7　下北半島には風力発電所が林立する

8　恐山・賽の河原

9　《書を捨てよ町へ出よう》のワンショット
©テラヤマワールド/ATG

10　アッティカの墓碑・
ムネサレーテの墓

11　頭文字H.Fしか知られていない画家による肖像画の一部・砂時計には「終りを見つめよ」と刻まれている（《34歳の男の肖像》、1524年、ウィーン美術アカデミー蔵）

12　ギャラリー CASOに展示されていた岩村伸一の作品
（無題・撮影提供岩村伸一）

13　秋、八甲田から三沢へ向かう

14　梅ウォッカは初夏の夕暮れに似合う

15　現在の十二双川

16　西伊豆の道は海を見下ろしながら続く

※9、12以外は著者による撮影

# 静岡大火の写真

1 「安西方面ヨリ生ム」（本文掲載）

2 裏面メモ無し

3　裏面メモ無し（本文掲載）

4　裏面「七間町三丁目」

5　裏面メモ無し

6　裏面「仲町」

7　裏面「本通三丁目」

8　裏面「大工町」

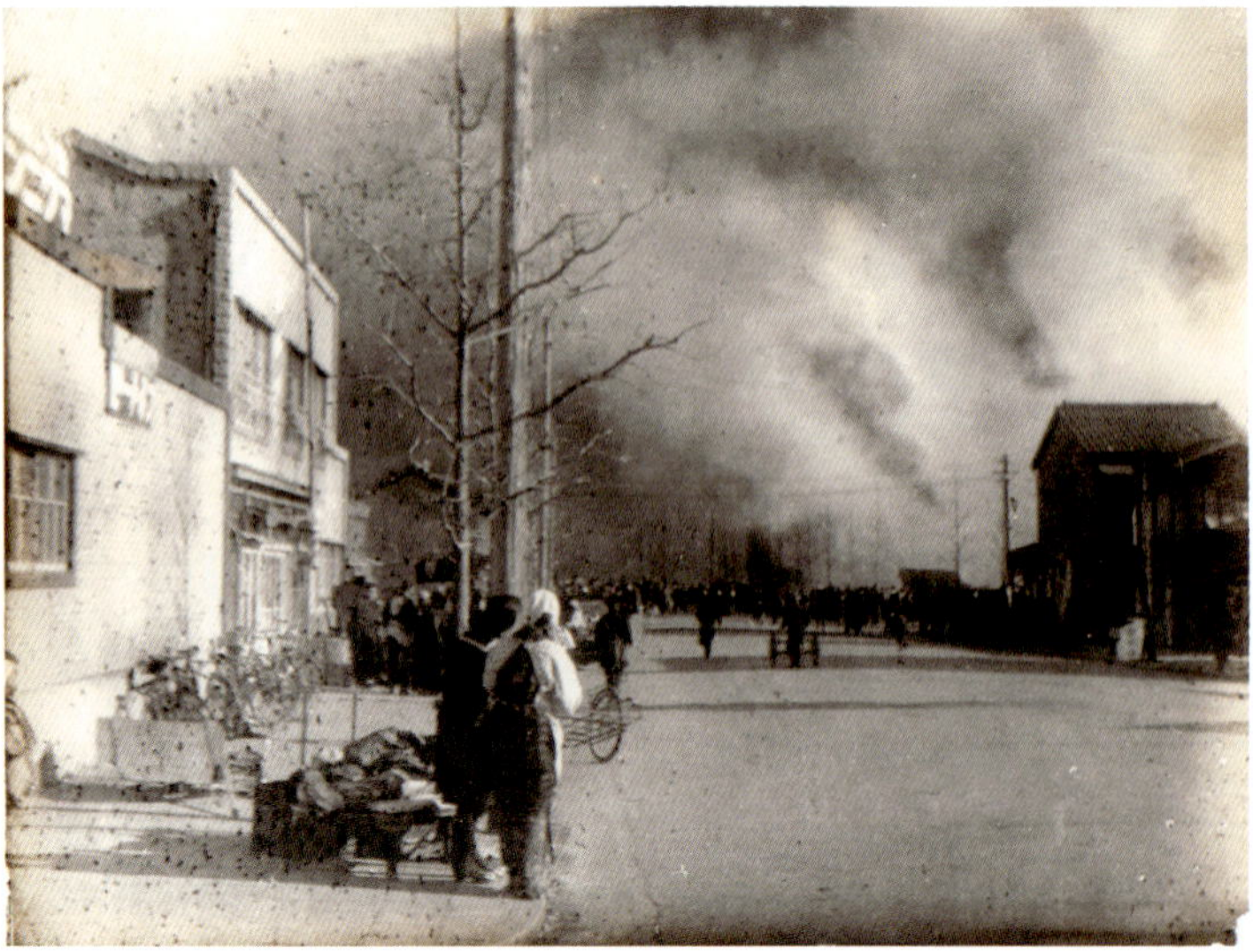

9　裏面「大工町付近」

10　裏面「寺町三丁目」

11　裏面「呉服町三丁目」

12　裏面「客車」

13　裏面「駅前」

14　裏面「南町」

15　裏面「泉町」

# やくたいもない話

伊藤　徹

理論社

# はじめに

二〇二三年三月、私は定年退職を以って大学教員としてのキャリアを終えた。最後の三年間、コロナウィルス蔓延に伴い、半年を残すまで講義は基本的にオンラインで行なわれていたから、いちはやく現役引退モードに入っていた感が自分の内にはあり、その頃から少しずつ書き溜めたエッセイが、本書に集めてみたものである。

タイトルは「やくたいもない話」とした。「やくたいもない」というのは、私の故郷・静岡の方言で、「役に立たない」、「無駄な」といったくらいの意味をもち、ときとして「ろくでもない」という非難のトーンすら帯びる。祖父母の世代ぐらいまでは、普段でもこの言葉を使い、「ヤクテャーモニャー」と発音していた記憶がある。田舎臭い言葉にちがいない。だがそれよりも、このタイトルは本書中の一つのエッセイのものでもあり、書物全体を指すものに転用した点で、横着なネーミングといわれても仕方がない。ただしこの名称は、本書全体のトーンを表わすものでもある。というのも、ここに集められたのは、どれ一つとってみても、なんの役にも立たない話だからである。

「役立たず」といえば、普通は非難の言葉だ。上司が部下に対して「使えない」というのも同義だし、或る元国会議員が同性婚を「生産性がない」と評したのも、言葉としては類縁のものである。お前は「役立たず」で「使えない」といわれれば、大概の人は傷つくにちがいない。けれどもへそ曲がりの私などは逆に、「役に立つ」とか「使える」とかいうのが、はたして誉め言葉なのだろうか、と考える。

「使える」という形容がいみじくも示しているように、「役に立つこと」、「有用であること」は、道具の基本性格である。「生産性」もまた、なにかを産み出す道具、あるいは機械の属性だ。ならば「君は立派な道具だね」、「出来のいい機械だね」といわれて、はたして人は誉められたと感じるものだろうか。

世の中でもっとも役に立つものといえば、金銭であるといって、おおかたまちがいはあるまい。金銭とは、およそなんにでも使える道具だからである。だから人は、金銭を求めて止まない。けれどもこの道具の収集に憑りつかれている人間のことを「守銭奴」と呼んで卑しむ感性を、私たちはまだもち合わせている。こうした存在を有用性の追求の権化と考えてみれば、少なくとも「役に立つこと」が誉め言葉かどうか、疑ってみる気になるのではなかろうか。

道具であること、手段であることは、なんらかの目的のために仕えることであり、目的という他のものに依存しているわけだから、そうした関係がなくなれば、昔の遺跡から掘り出された道具がもはや道具として機能していないように、無意味なものになってしまう。役立つことは、そうして目的、あるいは目的を指定する者に左右されるかぎり、自立性を欠いているのであって、奉仕者、もっといえば自らの自由をもたない存在という意味で「奴隷」であることになろう。だとすると、「役に立つ」といわれて誉められていると感じ嬉しがっているならば、それは一種の奴隷根性の現われだとさえいえる。

こうしてみると、かえって「役立たず」であることの方が、ポジティヴな響きを帯びてくることもありそうだ。たとえば私たちは「役立たず」なものをこそ愛する、ということも不可能ではない。試みに「君は役に立つから愛しているんだよ」といわれて、これを愛の表現と受け取れるかどうか、考えてみたらいい。むしろ「馬鹿にするな」と言い返すか、ひねくれた別れの文句と受け取ることだろう。つまり愛するとか好きだとかいった感情は、有用性とは別な次元の現象だと、普通にも私たちは考えている。もちろん実際の恋愛感情には、損得勘定とかが混ざることもあろうし、社会的制度としての結婚となると、そのことは不可避的だとさえ私も思う。けれども人は、そうした混入を不純なものとみなし、そんな勘定など、あたかもないかのように振る舞うのであり、万一それが相手の態度から透かし見えたとしたら、自分の側の類似の思惑はとりあえずさておき、「君は僕と損得勘定で結婚したんだ」、「私と付き合ってたのは打算だったのね」と怒り悲しみ、はては愁嘆場まで演ずる。要するに私たちが理想のものとして想定している恋愛感情は、「有用でないもの」、「やくたいもない」ものを求めているのである。

「やくたいもない」ものを求めるのは、恋愛だけではない。恋愛は対象選択の余地があるので、利害を忖度する主体の意志が入ってきやすいが、親子となるとそうはいかない。子供は親にとって選びようがないものとして生まれてくる。いや、既に生まれてきている。そうして運命のようなものとして与えられた子供を親が愛するのに、「子供が老後自分を世話してくれるはずだ」とかいった算段は入りにくかろう——今日のような状況のもとで、そんな期待を抱くなら、お目出たいといわれてもしょうがないが。もっともひょっとすると今の世の中にも、自分の子供を猿回しの猿のように使って、自分に益しようとする親が居るかもしれない。けれども、そうした親を眼にしたら、私たちは「人でなし」と非難しさえするのではないか。要するに親は子供のことになると、損得勘定抜きに一所懸命になるのが普通だ。子供を大切に思うのは、彼らが役に立つからではない。子供はそもそも役に立つ・役に立たないといった文脈を超えたものとして存在している。

人間だけでなくペットもそうだ。そういうと、「いやペットは自分を癒してくれる存在として役に立っている」という人がいるかもしれない。けれどもペットが病気になった状態を想像してみたらいい。苦しんでいるペットは、飼い主を癒すどころか、不安によって苛むにちがいない。そんなとき、その生き物を「役立たず」として捨てたり、別なものに置き換えたりする人がいたとしたら、そんな人は飼い主の風上にも置けない、といって非難するのではないか。むしろペットの苦痛をともに苦しむことが、あるべき関係であり、その関係は、有用性とは別な話なのだ。

「やくたいもないもの」への愛着は、人間や生き物に対してだけでなく、物についてもいいうる。たとえば芸術作品は基本的に役に立たないものである。「芸術のための芸術」という近代以降に現われた標語が示しているように、通常芸術作品は、なにかほかのもののために役に立つといった脈絡から外れるかたちで作られているのであり、私たちは、道具や機械の場合念頭に浮かぶ生産物のことなど忘れて、目の前にある当の作品に心を奪われ陶然とする。なるほど作品を金銭に換算する態度もあるし、それにべらぼーな価格がつけられていることも現実だ。しかし作品を「市場《しじょう》」という有用性の世界に引き込み、金銭的価値を以って売買すること自体、「役立たず」な作品をもって終着点とする買い手の所有欲がなければ成り立たない。

そもそも「役に立てる」という文脈は、人間が物や人を支配するために作り与えた物語である。つまり当の物や人に、最初から「なにかのため」という性格は書き込まれていない。他方物語の作り手であると同時に、その物語によっておおよそ最終的な目的として位置づけられる人間という存在は、いつなんどき死によって無に帰さないとも限らない。そうだとすれば、「役に立っていること」、「有用であること」は、物や人につかのまの間付着している幻想でしかないといわねばなるまい。ところが人も物も、愛情の対象や心奪われる芸術作品がそうであるように、そんな有用性のはかない物語を剝ぎ取られて「やくたいもない」ものとして出会われるとき、むしろ否定しがたい力をもって目の前に現われてくる。そのとき人や物が、拒みがたいリアリティーをもって現われている場所とは、いったいなんだろう。それは、私たち人間が編んで投影した有用性の文脈とは全く異なる空間、むしろ私たちの生存以前から開かれていた場所ではないのだろうか。もしもそうだとしたらこの空間は、「人知の及ばないもの」というもともとの意味において、「神秘的《ミステリアス》」でさえある。「やくたいもない」とは、私にいわせれば秘儀《ミュステーリオン》の空間への密かな入口を指す記号でもある。

「やくたいもない」は静岡方言だといったが、定年とともに勤め先があった京都から完全に離れて故郷に帰ったので、本書のエッセイは、地理的な意味での舞台を多く静岡に置いている。折に触れて思ったことを書き綴るのがエッセイだとしたら、書かれた時空は勢い「今ここ」ということになるわけで、私が現在生活している場所が舞台となるのは自然な成り行きだ。なるほど「今」といっても、この「今」には過去の断片も含まれているから、私が高校卒業とともに出て行って半世紀近くを過ごした京都、あるいはここ数年自分の思考の手がかりとしている寺山修司の関係で、その出身地・青森も少しく出てくるが、静岡が主たる場所であることは変わりなく、全体としていかにも私的で個別的な記述であるとの印象は拭いがたい。

けれども具体的経験、したがって私的で個別的な事柄に裏打ちされない話は、干からびた形骸だけの言説に留まるのであって、そうした経験に伸びた根から瑞々しさを吸い上げた語りだけが、時と場所を超えて人々に伝わりうる。「真に普遍的なものは個別的具体的でもある」――昔取った杵柄で哲学風に表現すれば、こうもなろうか。そのような「個別的普遍性」は、右に述べた有用性以前の秘儀的な開けと、事柄としてつながっている。
むろんここに書かれた話が、実際そういった「普遍性」を帯びているかどうかは、読者諸兄姉の判断に委ねるほかないが、私自身既に老いの陰掃《はら》いがたく、考えることと書くことにおける上達は望むべくもないし、先もまた長くはなかろう。ともあれそのような「普遍性」を目指して綴ったものとして、歳に似合わぬ未熟さの披瀝の恥を忍んで、以下にいくつかのの駄文を呈することにしたい。

# やくたいもない話　もくじ

「〈何にするんだ、何にするんだ。貝殻なんぞ何にするんだ。〉

私はむっとしてしまひました。

〈あんまり訳がわからないな、ものと云ふものはそんなに何でもかでも何かにしなけぁいけないもんぢゃないんだよ。そんなことおれよりおまへたちがもっとよくわかってさうなもんぢゃないか。〉

すると波はすこしたぢろいだやうにからっぽな音をたててからぶつぶつ呟《つぶや》くやうに答へました。

〈おれはまた、おまへたちならきっと何かにしなけぁ済まないものと思ってたんだ。〉

私はどきっとして顔を赤くしてあたりを見まはしました。

ほんたうにその返事は謙遜《けんそん》な申し訳けのやうな調子でしたけれども私は居ても立ってもゐられないやうに思ひました」。（宮沢賢治『サガレンと八月』）。

# 梅三話

## その一

わが庭の三本の梅は、今年もつぼみが膨らんできた。寒中開花を待つようになったのが、いつの頃からなのかは、よくわからない。無精な私は庭いじりが好きではない。だが亡父が高齢化して、脚立に乗るのが危なっかしく映るようになって以来、剪定や収穫は私の仕事になった。採れる梅の実の量は年によるが、三十キロを超えることも少なからずあるので、趣味の園芸の範囲を超えている。以前是枝裕和監督の映画《海街ダイアリー》で、広瀬すずら演ずる少女たちが梅の実採りと梅酒作りに興じている牧歌的なシーンを見て、「現実はちがうぞ」と思ったくらいで、少なくとも私にとって梅仕事は負担だ。だが手がかかることと関心を向けることととは正比例するらしく、父親から梅の世話を引き継いだことと開花への期待の始まりは、おそらく重なる。

もちろん三本とも私が植えたわけではなく、私の上に降りかかってきた運命というほかない。二本の運命の種を蒔いたのは父親である。彼は木を植えるのが好きで、いろいろ植えた。カリンなどもその一つで、晩秋葉を落としたあと姿を現わす巨大で硬い実に、墜落して当たるのではないかという恐怖心を覚える私は、花もどちらかといえば地味なのに、なんでこんなものを植えたのか、という気にさえなる。今の庭には、そういった父の遺産が、勝手放題に枝を広げている。

もう一本の梅は、運命というにふさわしい古木である（口絵1）。この紅梅の樹齢ははっきりしない。もちろん私よりも、そして父や母よりも歳上だ。現在の自宅の半分は、一九二三年関東大震災の年、当時は静岡市の郊外だった場所に建てられた。母の兄・紀三郎《きさぶろう》が矢崎政太郎という人物からそれを購入したのは、残っている売買契約書によると、一九三八年十一月十七日のことである。紀三郎の母、つまり私の祖母・寿《す》ずが生前語っていたところによると、もともと盆栽だった、かの梅を、「キー坊が地べたに下ろした」。

私の伯父・キー坊さんは三男だったが、長男・鉄蔵《てつぞう》が三十三歳で死んだあと、次男は既に分家していたため、家長の位置を継ぐことになった。祖母も、まだ十三歳だった私の母も、彼を筆頭者とする籍に入ったことは、当時の戸籍簿が示している。兄の鉄蔵は、死ぬ三年前に静岡市の中心部にある馬場町《ばばんちょう》で営まれていた竹の問屋を私の祖父・千吉《せんきち》から、その名前とともに継いでいた。おそらくかの梅は一九三八年以前、街中《まちなか》のこの商家で、盆栽として生きていた。千吉は西南戦争の一年前、つまり一八七六年に馬場町で生まれているが、千吉の父親・次郎右エ門《じろえもん》は東京から流れてきた。そもそも盆栽の梅の寿命はかなり長く、インターネットで調べると四〇〇年を経たものさえあるという。かの梅の出生の探索の歩みは、明治政府がまだ地に足をつけていない時期を超えて、維新前の江戸の闇のなかに消えていく。

しかしながら、高校を卒業して京都に出るまでの私の記憶に、この梅の影はない。一九七〇年代前半といえば、連れて行ってもらえなかった大阪万博のテーマ曲《世界の国からこんにちは》を唄う三波春夫の呑気な声、市ヶ谷駐屯地で演説する三島由紀夫のポーズ、サイゴン陥落を報じる新聞写真など、断片的な記憶の数は、それなりにあるが、自宅の梅の木の姿は、そのなかに見当たらない。子供から少年になっていく年齢を考えれば、梅などよりも、社会の動きに目が向くのは当然だろう。私の視界にかの古木が入ってくるのは、父親の癌発見の知らせに帰郷を意識し始めた一九九〇年過ぎということになる。

子供の頃の記憶に、かの梅の木が影を落としていないのには、物理的な理由もある。梅が植わっている場所は、今でこそ私が生活している家屋の前庭だが、私が四十歳過ぎに家族を連れて帰郷してくる前は、そこに関東大震災の年に建てられて今も残る旧宅部分とつながった家屋が立っていた。それは旧宅と壁を共有し、その壁を軸として線対称に同じ造りをもった、いわゆるニコイチの物件だった。別なところから勤め先の銀行に通っていた紀三郎は、これを購入したとき、半分を自分の母と妹の居住に充てる一方、残りの半分を貸し、そこからの家賃収入を以って、商売をたたみ郊外に移った彼らの生活を助けようと考えていたらしい。紀三郎の父の千吉は、日露戦争で受けた貫通銃創がもとで亡くなっていたから、多少の年金が母・寿ずの懐《ふところ》に入っていたはずだが、没落商家の未亡人にとって、家賃はそれなりに意味があっただろう。ましてその後徴兵された紀三郎を、フィリピン・ミンダナオ島での戦死というかたちで失った私の祖母にとって、空襲を免れた家屋は、戦後の生活を支えるに、小さからざる財産であった。

私の記憶に残っている旧宅の片割れは、亡きキー坊さんの思惑通り、借家として他人に供されていた（写真1）。Nさんという名の借家人は、少し変わった人だった。静岡大学の

写真1　Nさん家族が住んでいた今はなき居宅・左端が梅の木

工学部を卒業したと聞いていたから、高度経済成長のさなか、羽振りが良くてもおかしくなかったが、仕事はなにをしているのか、わからなかった。私の姉たちとほぼ同年の女の子が二人いて、弟も一人居たような気がするが、一緒に遊んだ記憶はないから、こちらは私よりも少々幼かったように思う。奥さんは少し暗い顔をした、今思えばやや若めの人だった。

エンジニアだったということを窺わせるのは、家屋の北側に鉄骨とトタンで小屋掛けをして、そこを作業場にしていたことである。祖母には「危ないから」と、入室を禁じられていたが、見慣れない道具や機械がたくさんある空間は、まるで錬金術師の実験室のように子供の目を誘惑したし、実際姉たちは金属の輪かなにかを作ってもらったことがあって、私はうらやましく思った。

ごく最近、母の遺品を片付けていたら、Nさんと祖母が取り交わした賃貸借契約書が、仏壇の引き出しから何枚も出てきた。向こうが透けて見える薄い紙に見覚えのある父の筆跡で書かれたそれらは、一年ごと契約が更新されていたことを示していたが、それらに混ざって、念書と手紙が一通ずつ出てきた。念書は、Nさんの家賃滞納に関わり、敷金として入れてあった金額を不足分に補塡するというもので、トータルではかなりな額の棒引きを意味していた。手紙の方はNさんの保証人からのもので、保証人の妻がNさんのところを尋ねて事情を聴こうとしたところ、「女の出る幕じゃない」と追い返された、ついては今後保証人を辞めさせてもらうという内容だった。今となっては、そこまで到った経緯はわからないが、Nさんの経済状況が良好でなかったことだけはたしかだ。父は会社勤めをしていたから、それなりの収入を得ていて、こうした損切が大きく家計に響くわけではなかっただろうが、祖母にとっては不愉快なことだったにちがいない。祖母がNさんの家族について、いいふうにいっていた記憶は、私の脳裏には残っていない。

Nさんの一家が出て行ったのは、家賃棒引きからさほど間を置かないうちのことであり、

写真2　解体直前の旧Nさん居宅内部

祖母が死んだのもだいたい同じ頃だったような気がする。私の小学校時代の名簿は今でも残っているが、家の電話番号欄には、「(呼)」注という記号とともにNさんの苗字が添えられている。借家人は、大家のもたない電話を所有していたわけだ。馬場町の家の電話の権利書は、大正の年号がついて別に残っているので、没落商家の伊藤家は引っ越しとともに電話を失ったんだなと考えながら、その後消

注
この記号を「呼び出し」と読める人の数は、各個人が携帯をもつようになった今日少ないだろうが、当時は電話をもたないため隣人に連絡先を依頼する家も、少しはあった。

息のわからないNさんの一家のことが少し気になった。

Nさんが出て行ったあとの家は、文字通り「空間」という名称にふさわしく、ガランとして埃の臭いがした（写真2）。現在の旧宅部分がそうであるように、私の父母は、これをほとんど物置代わりに使っていたが、玄関脇の三畳の座敷が中学生の私の部屋となり、ふすまで仕切られていたにすぎないとはいえ、独立した部屋をわがものとしたことに、私は少しはしゃいだ。高校を卒業して郷里を出ていくまでの三、四年間、そこで私は解散したばかりのビートルズのレコードを聴き、少し変わった若い数学教師が貸してくれたレイモン・ラディゲやアルチュール・ランボーの翻訳、そして中原中也の詩を読み、初めて吸った煙草の煙に咽《むせ》た。

Nさんが住んでいた旧宅部分は、その後帰郷に向け現在の私の家を増築するにあたって、一九九七年に解体されて今はもうない。あの錬金術師の実験室があった地面も、現居宅の風呂と洗面所の下になっている。解体にあたって、かなり写真を撮った記憶があったので、アルバムを引っ張り出してみたが、思ったよりはるかに数が少なかった。当時は好き放題にはカメラだったから、デジカメを搭載したスマホが一般化した現在のように、フィルム撮れなかったわけだが、撮影箇所を書き込んだ概念図も残っていて、記憶を蘇生させた。

さほど多くない写真のなかには、庭を撮ったものもあった。現在は木としては梅しかないが、当時は杉やヤツデなど、何本かの灌木に囲まれていた。梅の木は、二十年余りの時間の経過にもかかわらず、その後も毎年花をつけている。開花を心待ちにしていた父も母も死んだし、彼らと手をつないでいた幼かった子供たちも東京へ出て行った。私は老父母とその孫たちの不在に、キー坊さんが梅の木を地べたに下ろす以前の過去とつながるものの影を想像しようと虚しく努めた。増築のためにはNさん宅の地所を更地にしなくてはならなかったが、この梅の木だけは残したこと——それが亡き父母の希望だったことをようやく思い出した（写真3）。

写真3　筆者の亡父と次男
左手に梅古木が徒長枝を道路に向かって伸ばしている

## その二

「花見」といえば、「花」は普通梅ではなくて桜だ。落語の演目には《花見の仇討ち》、《花見小僧》、《長屋の花見》など、「花見」をキーワードにしたものが多いが、いずれも「花」とは桜を意味する。題目に「花見」という単語がなくても《百年目》では、表向き堅い番頭がこっそり着替えて屋形船で桜満開の向島《むこうじま》に繰り出す。落語の世界では、梅の花を見に行く話は滅多にないように思う。三代目三遊亭金馬だったか、「霜踏み分けて」梅を見に行くなどは風流だが、八つぁん熊さんの世界とは無縁だといっていた気がする。

一方落語家たちが口を揃えていうのは、「花見」客が桜そっちのけで集い騒いでいることだ。《花見の仇討ち》は、桜のもとに集まっている人々の気を惹こうと仇討ちの出し物を企画するが、それを本物と勘違いした侍が介入してきて混乱するというものだし、《長屋の花見》は、貧乏長屋の住人たちが茶を酒に、沢庵をだしまきに見立てて桜の木の前で宴会のまねごとをするというものだ。八代目桂文楽は、上野を始め遠くは吉野や児島備後などからやってきた桜たちを擬人化し、たがいに愚痴り合う小話をマクラとしていたが、そこでさえ、肥しにもならぬゴミを捨てたり、枝をへし折ったりする人間のことが嘆かれるのであり、それに続く本題の《鶴万寺》では、立ち入りが禁じられていた寺の境内に花見のために入り込んだ旦那や幇間《たいこもち》と、彼らに酒を飲まされて篭絡される寺男とのやりとりが演じられる。落語における花見の主役は、桜ではなく人間であり、演じられるのは彼らの尋常ならざる立ち居振る舞い、一種の狂態といってよさそうだ。

桜の花見が、花より人間、しかもその非日常的な振る舞いと結びつくことは、落語の世界だけでいえることではなかろう。八熊ならずとも、人はだれでも桜の開花とともに、多少なりとも浮かれ出す。だから桜を見るといって人を集め、なにかの目的に利用してやろうという魂胆も生まれるのにちがいない。

人が浮かれるのは、陽気の加減のせいもある。連想されるのは、カーニバルのことで、今でこそ二月という北半球では真冬の行事だが、もともとは春の到来の時期に置かれていたらしい。だが人々の狂乱ぶりに、キリスト教会がこれはまずいと、禁欲期間である四旬《しじゅん》節《せつ》をその時期に当てた。ところが民衆はしたたかなもので、じゃあその前にやっちまえということになったという話を、ピーター・ブリューゲル《カーニバルと四旬節の争い》についての解説で読んだ記憶がある。だとすると春の到来がもたらす狂気は、古今東西共通なものといえるかもしれない。

だが同じ春の到来を告げるといっても梅の咲く時期は、「霜踏み分けて」といわれたようにまだ寒い。自宅の梅の場合、年によってちがうが、一月の下旬には最初の花をつける。梅花を包む大気に凍えて震えることは、同じ身体運動でも、桜花のもとでのかっぽれのような陶酔感をもたらしはしない。寒気のなかで梅を見に行くには、多少の覚悟が要る。したがって梅見客はおおかた一人もしくは少数だから、狂気の相互感染も発生しにくいというわけだろう。さらにまた梅は枝元から枝先に向けて順番に開いていくから、花が残っている時間も比較的長く、三月の声を聞いても、しぶとく咲きつづける。この点も桜とちがい、「はかなさ」の物語と相性がよくない。

だが桜との最大のちがいは、梅花が凍てついた空気中に拡げる香りである。私の場合毎朝五時に散歩に出る習慣は冬場も変わらない。日の出が七時近くになるこの時期、その時間は当然暗いから、もののかたちは見えない。そんななかでも梅の所在は、香りでわかる。散歩コースはほぼ決まっているから、道すがら、生えている他家《よそ》の梅の木の開花を知るのは、香りによってである。その香りは、真冬の底から春がまた動き出したことの喜びをもたらしてくれる。正岡子規に「陳腐」とそしられそうだが、「闇に梅匂う」ことへの感情の動きを語ることは、なかなか「打ち止め」にはしがたい。「梅花馥郁《ふくいく》、暗香風に従つて漂ひ来るを知る」（永井荷風）。

散歩コースの或る場所で毎年漂ってくるはずの香りがいつまで経っても届かないことがあった。気になって昼間その場所を訪ねてみたら、そこにあった梅の木は切り株になっていた。残っていた古い家屋もまもなく解体されて更地となり、今は夜目にも広い空間が曝け出されている。家はなくなると、それがどんな光景を呈していたのか、たいがい忘れてしまうものだが、不思議なことに香りの記憶は残っていて、ことに冬の暁そこを通り過ぎるときには、かならず不在の香りを求めてしまう。

香りは過去の記憶と結びつく――とは、香道を研究している友人の澤田美恵子さんが教えてくれたことだ。そういえば夏目漱石も、一九〇一年に書かれたと想定されている断片のなかに、こんな文句を残している。

「或る香をかぐと或る過去の時代を臆起して歴々と眼前に浮んで来る　朋友に此の事を話すと皆笑つてそんな事があるものかと云ふ　ショーペンハワーを読んだら丁度同じ事が書いてあつた……（十月ニナルト去年ノ十月ヲ臭デ思出ス）」

一九〇一年といえば、漱石はなおロンドンに居た。「去年ノ十月」が前年のものだとすると、彼はこの大都市に到着したばかりだ。漱石のロンドン留学は、「狼群に伍するむく犬の如く、あはれなる生活を営みたり」と、のちに自ら振り返るように、暗澹たるものだったようだが、十年後修善寺大患から生還して入院していたときにも「障子をあけると鳶色の霧なり。倫敦の臭いがして不愉快なり」と書いているので、彼の場合香りが呼び起こす過去とのつながりは、梅の場合のように優雅なものではなかっただろう。だが快不快は別として、やはり香りは過去の記憶を呼び起こしがちのようだ。香りの経験と過去の想起は、かならずしもいつも起こるとはかぎらないから、二つは、スイッチを入れれば稼働するといった具合に、メカニカルにつながっているわけではあるまいが、それでも嗅覚と想起とが結びつきやすいとしたら、どうしてなのか、気になり始めた。

嗅覚は、通常人間の感覚の代表とされる視覚とはだいぶ趣きを異にしている。だいたいが昔から「視る」という言葉が「知る」ということとつながっているのに対して、鼻をくんくんさせるのは犬や猫のようだというあたりからすると、私たちには視覚の方が嗅覚より高等だと思っている節《ふし》がある。高等下等の区別は措くとしても、たとえば私たちがなにかの香りを嗅ごうとするとき目を瞑るのは、視覚が根本的に嗅覚と異なるものであり、それが嗅覚の働きを邪魔することに知らず知らずのうちに気づいているからだと思う。

両者のちがいはどこにあるのか。私たちはなにか異臭を感じたとき、その臭いの元を今度は眼を皿のようにして探そうとする。つまり臭いの経験の方が先にあって、あとからその臭いの源を視覚によって確かめようとするわけだ。暗闇のなかの梅香という先の話でいえば、梅の視覚像より先に香が私たちに直接働きかけており、花の姿はあとから暗闇の向こうに索《もと》められる。

一般にも見るという働きは、見られる対象を自分とは異なるものとして向こうに置く。見る者は見られるものから離れて立っており、この距離が見ることの成立にとっては不可欠だ。それに対して嗅覚を刺激する香りは、すぐそこにある。いや「そこ」と指し示されるものならば、香りを嗅ぐ私から離れていることになってしまうから、むしろ香りは私にじかに触れている、といったほうがいい。あるいは私の周りに満ち満ちている、と表現した方が実感に近い。こうして私と直接触れ合っているという意味で、嗅覚は、同じく「下等」な感覚に位置づけられがちな触覚と似ている。

香りの経験はまた、音のそれとも似ている。音もまた、聞こえたときには私の耳に届いている。なるほど私たちは、コンサートホールの客席から舞台上の演奏者もしくは歌手を「見ながら」音楽を享受するということに慣れている。テレビやインターネットの動画による音楽受容という今日的なかたちもまた、同じ構造をとっている。でもそうしたスタイルは音の経験としては、視覚経験と結びつけられた特殊なものではなかろうか。音源の視認に傾くこうした経験は、かつて沖縄の小さな島のうっそうたる森のなかで海鳴りにゾクッとした経験に比べると、音の経験としては不純なものにさえ思える。音楽ということで思い出すのは、ドイツ・ウルムの大聖堂でパイプオルガンの演奏を聞いたときのことで、そもそもパイプオルガンは建物全体が楽器のようなものだから、まさしく身体が音の波に包まれているような快感だった。そういえば、聴覚もまた過去を思い起こさせる感覚であり、倉本聰は彼が書いたドラマのなかで、或るメロディを聞くと、それが流行っていた時代を思い出すというセリフをなんどか俳優たちに語らせている。どこで読んだか忘れたが、浪花節を聞くと受験勉強に必死になっていた少年の日々が思い出されるという小説の一節もまた、妙に印象に残っている。してみると香りと音の経験に共通する距離感の欠如もしくは薄弱さが、過去の想起と関係があるように思えてきた。

ものとの距離がなくなっていけば、自分にとっての「外部」は消えていき、自然すべては「内部」となる。香りや音を経験するときこれに集中して目をつぶるのは、距離の消失を示す具体的な所作であり、これによって、それまで視覚というかたちで、離れた「外部」の対象に向かっていた私たちの志向は、自分自身へと戻ってきて自分の「内部」へと向き直る。この「内部」への転向が過去の想起と関係がありそうだ。

「内を向く」といえばドイツ語の「思い出す」という言葉は、erinnern《エアインネルン》で「内」(inner《インナー》)という語を含んでいる。漱石が記録しているような香りの経験を念頭に、「その香りを嗅ぐとかつてのロンドンを思い出す」をドイツ語にしてみると、Der Geruch erinnert mich an die alten Tage in London となる。だが、香りが私の志向(mich)を向けさせる先である「かつてのロンドン」は、過ぎ去ってもはや存在しない以上、私から離れたものとして、つまり私の「外部」に存在する(existieren《エグジスティーレン》=外に出ている)わけではなく、私の記憶の世界という「内部《インナー》」にしかない。「過去が蘇る」と私たちはいったりするが、私から切り離されたところにある過去世界に思い出されるべき出来事が保存されていて、それが現在の私のところにやってくるなどというのは、無限かつ均等に流れる時間を想定して描かれたフィクションにすぎない。「過去世界」とは、今ここに生きているこの私の内にしかない。ただしその「今ここ」が、無限の「過去」の断片を含んで私とともにあるのであって、常日頃、外側の世界のなにか、自分以外のなにかに心を奪われている私たちが、ちょっとしたことをきっかけにして、この広い内密の世界へと志向の方位を向け換える。そのきっかけというのが、外部との距離の喪失の感覚としての香りであったり、音であったりする。

他方桜の花見のように視覚に力点を置いた経験においては、対象としての桜の花は、私から離れて向こうにあるものとして現われており、この距離のゆえにこの花の影響をあまり被らずに判断したり語ったりすることができる。あまつさえ、同じように花から距離をとっている他の人々がまわりに登場してくると、この対象を「共通の題材」に据えて、あでもないこうでもないと相互に論評することも可能になる。そこでは桜花は、向こうに咲く「あれ」、他方話し合う者たちはこっちにいる「われわれ」となり、その関係のなかで今度は相手の意見が気になり始め、関心の的《まと》が花よりも「われわれ」の関係にシフトすることも起こってくる。挙句の果てには、花などそっちのけで、この「われわれ」相互の諍いやら睦み合いやらが中心になってくる……。

こんな具合に花見の落語のことまで考え進めてきたら、なんとなく話にオチがついたような気がしてきた。この筋にしたがうと梅の香りに浸ることの方は、「内」にこもって社交などとは縁が薄いものとなり、いささか寂しいような気もしたが、そう思って、わが梅の木を見上げたら、風もないのに花が揺れて花弁が散った。

梅が咲き始めると、メジロがかならず飛んできて花の蜜を吸う。メジロは、雀のように多数で群れを成すことがなく、まちがいなく二羽でやってきて、一羽が飛び立つと、残りの一羽もついて飛んでいってしまい、同じ木に長くは留まらない（口絵2）。それでもしょっちゅう見るから、近隣の梅の木を巡回しているはずで、花があるうちは、この界隈の住人である。梅に鶯というけれど、あれは嘘で、鶯など見たことはない。ウグイス餅の黄緑色はメジロの色だから、どこかで混同が起こったにちがいない。

メジロが去ったあと残る空の青さを見ながら、彼らは梅の香りを吸い込みつつ、どんな思い出を紡いでいるのかなどと、詮もないことを想像してみた。

メジロ二羽　梅花揺れて　空青し

## その三

収穫は、今年もなんとか無事終わった（口絵3）。「無事」とは、怪我なしでやり過ごせたという意味だ。十年ほど前、部屋の蛍光灯を交換していて、脚立から墜落し家具の角で右の太腿をしたたか打ったことがあった。幸い打撲だけで済んだが、以来高いところに登ると恐怖心が出てくる。庭での梅作業の場合、畳ではなく地面に落ちるわけだから、当たり所が悪ければ、寝たきりになる可能性もある。梅の収穫は、老人になった私にとって大げさながら命がけの仕事である。

梅の実自体今年は大豊作で、三本合わせると、五十キロ近くあった。そのことは喜ばしくないわけではないが、後始末が大変だ。母亡きあと梅干しなどという面倒なことはやる気がしないから、梅酒にするしかないが、ありったけの瓶に漬けても、消費量はたかが知れている。だからといって「命がけ」で取った実は捨てるに忍びなく、貰い手を探すわけで、近所に配るのはもちろん、三島在住の友人にまで声を掛けて、もらってもらった。無精な私のことだから、そもそも農薬散布など面倒くさいことはしていない。したがって成った実は、見栄えがよくないから、もらう方もいやだったかもしれない。それでもなかには、見かけより安全を尊ぶ人も昨今少なくないし、梅干しにするには「完熟のものがいい」といって、取り残していたものを自ら収穫すべく来てくれた人もいた。その人は収穫を労と感じないようで、むしろ楽しんで帰っていった。それを見て、来年は伊藤梅園も、いちご狩りやミカン狩りのように観光化して、こちらの労働負担と怪我の可能性を減らすとともに、あわよくば小遣いでも稼ごうかと考えたりした。

梅酒に関しては、三年目の素人である。初年度は、購入したホワイトリカのパックの横に印刷されたレシピにしたがって漬けたら、やたら甘かった。次の年は反省して、砂糖を入れずに作ってみた。ネットで検索したら、実を干すと良いとあったが、最適の乾燥期間の長さについては記載がなかったので、母親が梅干しのために使っていた籠を引っ張り出してきて、二日干しから十四日干しまで瓶を並べた。氷砂糖を入れたものとちがってなかなか色づかなかったが、それでも三月四月《みつきよつき》と経るほどに赤茶色になってきた。シメシメと飲んでみると、たしかに甘くはなかった。けれども、美味《うま》いかというと、そうでもない。干しブドウから作ったトロッケン・ベーレンなる濃い甘さのワインがドイツにあったのを思い出して作ったから、十四日干しなどは梅の実の甘さが濃縮されているのではないかと期待していたが、甘いどころか、むしろ妙な臭いがした。我慢してしばらく飲んでみたし、友人たちにも飲ませてみた。まずいという評こそ聞かなかったが、これは美味いという人は、だれ一人いなかった。なかには肉を煮るのに使うとよいとアドヴァイスしてくれた人もいて、シュンとした。今年の梅収穫に向け準備を始めて、私はようやく失敗を認め、今度は氷砂糖の量をレシピの半分にしてみた。それでもノン・シュガーの夢は捨てきれなかったので、再度ネットで調べ、それをウォッカに託した。さてどうなるか、答えが出るのはまだ先だ。

長老の梅は、その一で書いたように盆栽の鉢から地面に下ろされたのが一九三八年に遡るわけだが、私の記憶にある限り、以前は南の道路側に枝を張り出していた。Nさんへ貸していた家屋がまだ残っていた頃は、道路と庭を高いブロック塀が隔てていたから、梅はこれに寄りかかるように枝を繁茂させていた。だから私が亡父から梅仕事を引き継いだ時分は、ブロック塀に乗って実を採ったものだった。貸家の解体とともにブロック塀も取り払われたので、梅が道路に倒れていかないよう、外に突き出ていた太い幹も解体業者に切ってもらった。バランスを取るべく庭の内へと伸びた枝の方はそのままにしたから、それが太い幹へと成長して、今や木全体は北側へとヴォリュームを厚くするようになっている。その幹もまた、高くならないように剪定してきたから、採果直前など、実の重みで地面を擦りかねないところまで垂れ下がるようになっており、かつて陽当たりがいいから、と植えたバラなど、今は葉陰に入ってしまい、収穫が終わり、重みがなくなってその幹全体がもち上がると、回復した陽当たりのなかで、ほっと息をついたかのように死にかけていた枝から若い芽を伸ばし始める。貸家をつぶし増築してから、既に四半世紀が経たんとしている。変わらないように見えて、この梅の木もだいぶかたちを変えた。もっとも、地べたを這うような、このかたちは、「臥龍梅《がりゅうばい》」という清水の銘酒の名前を思わせて、捨てたものではない気がしている。

今年の梅取りのとき、気づいたことが一つあった。今までは、脚立だけでなく、梅の木そのものにも乗っていたので、今年もなにも考えず主たる幹によじ登ろうと腕に力を入れた瞬間、メリっと嫌な音がした。見ると直径二〇センチ以上ある幹に割れ目が入り、そこに暗い穴が開いていた。覗くと、幹の中枢部は空洞化していて、ほとんど表皮だけでつながっていることがわかった。切ったばかりの徒長枝を差し込んでみたが、深さはどこまでかわからなかった。幹に登っていたら、もろともに墜落していただろうと想像すると、ぞっとした。もとはカミキリムシかなにかの幼虫が空けた穴で、次第に腐って広がったのだろう。表皮だけであっても、立派に葉をつけ、実をたわわに実らせていることに、樹木の生命の重要な部分は樹皮のすぐ裏辺りにあって、中心部は死んだ化石のようなものだという、理科かなにかで習った樹木の構造を遠い記憶のなかから手繰り寄せて、なるほどと感心したが、知らないうちに広がっていたウロに、漱石の『明暗』の冒頭も思い起こした。昔知り合いだった男が、痔瘻の話と揶揄したことがあるこの小説は、なるほど主人公・津田の痔の穴が深く腸まで繋がっていて、「根本的の手術」が必要だと医師に宣告されるところから始まる。切開して穴と腸をつなげてしまえば、「天然自然割かれた面の両側が癒着して」本当に治るのだという津田の主治医の言葉を思い浮かべつつ、私はウロが日光に曝《さら》されて少しでも乾燥するようにと、ウロを内に共有しながら主幹から伸びているほぼ同じ太さの幹に、鋸の歯を立てた。

なんであれ変わったことに気づいたとき、人はびっくりするけれど、ほとんど多くの変化は知らないうちに進行している。痔瘻のことをきっかけに津田もまた、心変わりしたかつての恋人・清子のことを思い出しながら、進行しているかもしれない変化を知らないことに、「恐ろしい事」だと呟く。一九一五年に『朝日新聞』で連載されたエッセイ『硝子戸の中』で漱石は、当時ヨーロッパで展開されていた第一次世界大戦になぞらえながら、自分自身の病気のことを「継続中」と表現したうえで、これを人間だれしも持っている運命へと普遍化して、次のように語っている——

「所詮我々は自分で夢の間に製造した爆裂弾を、思ひ思ひに抱きながら、一人残らず、死といふ遠い所へ談笑しつゝ歩いて行くのではなからうか」。

「夢の間に」とは、自分自身意識しないままに、という意味だろう。「継続中」だった胃潰瘍で漱石が『明暗』の筆を断つのは、一年余りのちのことである。『明暗』の痔瘻の穴は、尾籠な話でもなんでもなく、津田の腸、また作家の胃だけでもなく、第一次世界大戦という歴史的出来事にも、あるいはまた市井の人間たちの日々の生存にも潜む闇に通じている。だとすると気づかず進行している変化は、私自身の身体や心にも、あるいは身辺の関係にも、隠れていることだろう。それが明るみに出てきたとき、私はうろたえられずにいられるだろうか——そんなことを考えていたら、ほとんど樹皮だけで形づくられていた当の幹が切断されて、ぼたりと地面に落下した。

# 余話

Aさんは七つほど年上の友人だ。某銀行の支店長を定年で辞めたあと、清水港を見下ろすマンションに一人で住んでいる。彼は清水エスパルスのサポーター仲間で、職場の二人の後輩たちも含め七、八年ほど前からスタンドで顔を合わせることが多く、次第に話すようになり、三年前チケット販売上のクラブの方針変更なども絡んで、隣り合わせのシートを一緒に購入するようになった。以来年間二〇試合くらいは一緒に観戦しており、忘年会などと称して、クラブの戦績の不足分を補ったりしている。

サッカー観戦以外私たちをつなぐものはなにもない。Aさんは彼の後輩たちと、ときおり仕事関係の話もしているが、私にはわからないことだらけで、彼の経歴など、そんな会話から流れてきて私が知るようになるまで、けっこう時間がかかった。逆に彼らも、私の仕事について、つい一年前までは知らなかったようだ。そもそもサッカー以外のことを根掘り葉掘り聞くのは行儀が悪い、といった感覚が、私たちの間にはある。

それでも一緒にいる時間が長いと、古い桶から水が染み出るように、情報が漏れてくるものて、あちらにも私の様子がわかってきたし、私にもそれぞれの現在の家族関係がどうなっているのか、見えてきている。たとえばサッカー観戦に関して家族がどう思っているのかは、話題が自然に向かう先で、スコットランドの友人から聞いたサッカー・ウィドウ、つまり旦那がサッカーにうつつを抜かして奥さんは家で不満を溜めているという意味の言葉を思い出しながら、ふんふんと話を聞いている次第である。

今年の梅の盛りの時期、二年間J2に落ちていた県内のライバルクラブ・ジュビロ磐田が昇格し、久しぶりにいわゆるダービーが行われるということで、私たちは連れだって、アウェーのエコパ・スタジアムに向かった。このスタジアムがある袋井・愛野駅までのJR在来線の電車の旅は、一時間弱の時《とき》をとりとめのない会話に供するもので、長い付き合いにおいて初めて自宅のありかをAさんから尋ねられた。彼の実家は、静岡市では日本平寄り、つまり東部の方で、私の家からは、直線でも六キロメートル以上離れている。土地勘があるかなと思ったが、存外私の説明に随いてきた。

「よくわかりますね、Aさんの学区からは遠いでしょ?」。

「いや小学校はそうだけど、高校になれば、自転車で動くから」。

「そうか、僕は高校出るまで徒歩圏内だったからね」。

「当時は、伊藤さんの高校の辺り、よく走っていたよ」。

そこから続いたAさんの話には、ちょっと驚いた。というのもそれは、Aさんの高校時代のガールフレンドのことだったからだ。高校時代のガールフレンド――Aさんは、堅物のイメージを与える人だ。一緒に観戦する二人の後輩たちから耳にしている現役時代の雰囲気もさして変わらない。そんな彼から、と意外だったわけである。

一緒に話す程度の仲でしかなかったとAさんはいうのだが、同じ部活に属していて彼女の方から告白されたという。練習が終わったあと、彼女の家まで送ってきたことが何度もあり、それが私の学区にあったから、少しは知っているとのことだった。

「たぶん伊藤さんの家の近くだと思うよ、S高のバックネットの裏の道をまっすぐ行ったところで…」。

私はドキドキし始めた。Aさんの話が辿った道は、まっすぐ我が家を目指して進んだからだ。

「Nさんといってね、静岡では珍しい苗字だった」。

――魂消《たまげ》た。それは、私の家の例の借家人の苗字だったからである。Nさんの二人の娘さんたちは、私の長姉とだいたい同じ年恰好だったから、Aさんのガールフレンドは、そのうちの一人にちがいなかった。

私がAさんにそのことを告げたら、彼もびっくりした。Aさんが高校三年生の頃といえば、私は小学校六年生だ。その頃エーターと叫びながら豆腐屋がリヤカーで売りに来る夕暮れ時の路上で、私は毎日のように向かいの家のブロック塀に軟球を投げつけて遊んでいたものだ。だとすると彼女を送ってきたAさんと、まだ小学生だった私とは、同じ空気を吸ったことが何度となくあったのではなかろうか。不思議な時間の層に触れた気がした。

少しはばかられるようにも思ったが、なにせ半世紀前のこと、と、「その一」で述べた賃貸借契約書と念書のこと、そして保証人からの手紙のことを話した。

「そうか、彼女の家も大変だったんだね。僕も父親が死んでそうだったけれど、彼女も大学に行かなかった。いろいろ事情があったんだろうね」――Aさんは感慨深そうに、そう呟いた。高校を卒業したあと二人の連絡は途絶え、Aさんは、しばらく経って人伝に、彼女が静岡では最大手の電機会社に就職したことを知ったそうだ。

数えてみたらAさんたちが卒業した、その年の一月、同居していた私の祖母が、自宅で息を引き取った。その頃はまだ、自宅死はけっして珍しくなく、近所の医者がやってきて脈をとっただけで、今のように警察など来なかった。長く患いついたわけでもなく、今からすると弱ってきたと思ったらあっけなく亡くなった祖母が寝ていた座敷は、とても寒くて、炭がカンカンに熱くなった火鉢で医者が手をあぶっていた。
祖母も医者も、またともに送った父も母も死んで居なくなった。残っているのは、座敷と庭の梅の木ぐらいだ。おそらくその年も、梅は相変わらず咲いていただろう。Aさんには、この梅の木から採った実で作った梅酒をあげたこともある。彼は卒業間際に彼女を送りにきたことはなかっただろうか。もしあったとしたら、梅の香りは、まもなく別れることになる、うら若い男女を包んでいたにちがいない——そんなことを想像していたら、私たちは、エコパ・スタジアムに接する愛野駅に着いていた。

二〇二二年初夏

# カワハギを釣る

釣りに嵌《はま》って二〇年余り、カワハギ釣りで勘定しても十五年は数える。

子供の頃、鮎やヤマメを追っていた父親に川に連れていかれたが、そんな魚は到底幼い手には負えず、退屈な時間だけが残った。やや長じると、声をかけられても、少年のさがで、ついて行かなくなった。四十歳《しじゅう》過ぎて海浜の郷里に家族とともに帰ってきて、釣りでもやろうかと思ったのが始まりだったが、川での退屈さの記憶が残っていたからだろう、海へ向かった。

最初はお定まりの岸壁でのサビキから始め、小鯵でも釣れようものなら嬉しがっていたが、それに飽き足らず、まもなくさまざまな魚を狙い始め、投げ釣り、ウキ釣り、落とし込みなどなど、下手くそながら一通りは、やった。海面まで上げてきた型《かた》のいいクロダイをばらし、悔しさのあまり数日間朝マズメに同じポイントを探ったが、当然のように徒労に終わったこと、とてつもなくデカい體をあげ、その獰猛さにビビったこと、あるいはミノカサゴのヒレに刺されて痛みとその後の化膿に苦しんだことなど——いずれも今となっては懐かしい。まだ幼かった子供たちが犬の子のようについてきたのもその頃で、彼らに釣り道具を買ってやる裏で、結構値の張るものを自分用にこっそりと購入したりした。今使っているカワハギ竿もその頃買ったものである。

だいたいカワハギは二十五センチメートル程度の小魚だ（口絵4）。尺に達すると老化のせいか痩せて身の色も白濁する。だが、小魚にもかかわらずこの魚の釣りに夢中になる人は少なくない。魅力の一つは、その美味たるところ。さほど市場に出回らないので、自分で釣ろうということになる。私は自分で釣ったものは自分でさばく。薄造りはたんぱくだが食感は最高だ。[注] 刺身をとったあとのアラは、味噌汁にするが、良いダシが出る。秋に数の出る小ぶりのものを野菜や豆腐とともに、アラでとっただし汁の鍋でいただくのも楽しみだ。もう一つよくやるのは、てんぷら。揚げたてはホコホコして、キスなどよりも、はるかに美味い、と私は思う。

けれども、この魚の釣りに嵌るのは、美味であるのもさることながら、コイツがいわゆるエサ取りの名人だからだ。私の場合もその口で、カワハギを意識したのは、晩夏の堤防だった。この時期の岸壁には、いわゆるワッペンサイズの小さなカワハギがたくさん寄ってきて、そこについた小生物を盛んに捕食するのだが、これが上からはっきりと見える。ヘチ釣りをやっていた私と子供たちは、見えているこの小魚を釣ろうと針を落とすのだが、彼らは実に巧妙に餌だけ取ってしまう。そのさまがまたよく見えるから、忌々しいことこの上ない。「やっきり」すれば、なんとかしたくなるのが人情で、どうやって掛けたらいいのか、無い知恵を振り絞り始めたのが始まりだった。

ともかくアタリが極めて繊細だから、最初は、クロダイの団子釣りで使うイカダ竿でやってみた。たしかにアタリは糸のように細いその穂先を振動させはするが、アワセてもなかなかカカらない。たまにカカるやつもいるから、しばらく続けたが、釣ったという実

注

カワハギといえばキモというご仁も少なくないが、私はどうも苦手だ。プロの料理人に処理法を聞いたりして何度となく試したが、どうも好きになれない。あん肝も好みではないので、たぶんその手は合わないのだろう。キモを取り出すと柿色をしたタマのようなものがついてくるが、小学校の頃飲まされた肝油のトラウマのせいかもしれない。

感がなかった。

自己流でやって来た私も、さすがにこれではダメだということで、ものの本を調べてみて根本的にまちがっていたことに気づいた。穂先でアタリをとること自体、ウキでキャッチすることと同様、目で見る釣りだ。たとえアタリが穂先の震えでわかったとしても、穂先が柔らかくては、アワセはどうしても遅れてしまう。そうなると穂先はある程度固くなければならない。固い穂先でアタリを感知するには、どうしたらいいか。視認できなくても震えを伝えやすい材質にしたら、というわけで、カワハギ釣りは触覚の釣りとなる。

図1　ドウツキ仕掛け

カワハギ釣りの仕掛けは単純で、幹糸から横に出たハリスにハリを結んだドウツキと呼ばれるものが一般的だ（図1）。アタリは横に張り出た針とハリス、幹糸、リールのライン、そして竿と伝って手元にやってくる。この振動が早く正確に伝わるためには、ラインや竿の材質だけではなく、なにはともあれ糸をピンと張っておかねばならず、したがって二十五号とか三〇号とか結構重い錘をつける。たるませ釣りという手法もあるが、アタリのわからないそれは、どうも性《しょう》に合わないから数度試してやめた。カワハギは好奇心が強い魚といわれ、派手な色の飾りをつけることも勧められているし、釣具屋ではその手のアイテムがいろいろ売られているが、これも、ちょっと試してやめた。余計なものをつけると触感が「濁り」そうな気がしたせいだ。

カワハギは基本的に底にいる。雑食だが貝などを好んで食べるからで、専用の釣り餌といえば普通アサリだ。だが私は、我が漁場である西伊豆戸田《へだ》の漁師のアドバイスにしたがって、桜エビを使う。駿河湾のカワハギだからだ、という。少々怪しいが信ずることにして今に到っている。

カワハギは食い気が立っていれば、おおよそ二〇メートルから三〇メートル下の海底に錘が着いたらすぐさま食ってくる。だからその瞬間が勝負だ。仕掛けを静止させたら、まずまちがいなく餌を取られてしまうので、上下に動かし続けねばならぬ。ことに桜エビ、食いはイイが餌もちが悪い。取られる前にカケたい。で、手元にコソコソという僅かな震えが来たら、竿先をもちあげてクッと合わす。重さがあればシメた、で、慌てず同じ調子でリールを巻き上げていく。脈を打つような抵抗が手元に来たらカワハギの可能性が高い。

でも同じくフグの仲間のキタマクラの場合もあるから、姿が見えるまではわからない。途中で重さが消えることもあるが、バレた場合以外にも、突然錘を引きずったまま泳ぎ上がっても同じことが起こるので、その場合針が外れやすいから、糸がたるまないように急いで巻かねばならない。型のいいものになると、途中で横に走るなど、変幻自在なところもカワハギにはある。そうしたシーンは、もちろん海のなかに入って見たことがあるわけではない。すべて糸と竿を伝わる触感から広がってくる世界だ。

この釣りをやると、竿を握った手にさまざまな「光景」が「見え」てくる。キタマクラだけでなく、親戚筋のウマヅラハギなどフグ系のアタリは、カワハギのそれに近いが、底で食ってくる他の魚たちは、それぞれちがうアタリを示すので、なにが上がってくるのか、大抵予想がつく。微かな震えという点で似てはいるが、巻き上げ始めたらやたら重たいのはハコフグ、激しく引くのはカサノハベラ、最初強く引き込むが、すぐにあきらめてしまうのがカサゴやハタといった具合だ。魚以外の海の様子も糸を通じて伝わってくる。海藻が多いところ、ロープなど障害物が入っているところは、いわゆる根ガカリがするので、すぐわかるが、たとえば底が石なのか、それとも泥なのかも、錘が着いたときの感触でわかる。石や岩に当たれば、コンとくるし、泥だとズボッとハマる感じが手元にある。錘や仕掛けが流されれば、そのときの潮の動きも感じられる。私自身そもそも不器用だし、今まで長いこと竿を緊張して握り続けてきたせいか、右手の中指と薬指は、いわゆるバネ指となってうまく動かない。そんな手でも三〇メートルほど下の海の底の様子はわかる。

触覚には、なるほどパースペクティヴがない。そもそもパースペクティヴとは、この言葉が含んでいるspecio《見る》に示されるように、視覚がもたらすかたちである。それでも触覚は、触覚なりの独特な「空間」を開く。底をたたくコンという振動。竿を絶えず上下に動かしながら、糸電話を聞くような感じで、この広がりを探る。削るような微かなしびれ。クックッと刻まれるリズム。カワハギ釣りが教えてくれる世界は、目に映るような眺望を与えはしない。それは、振動が現われては消える持続の場だ。目に見える三次元の空間とはちがう宇宙。「持続する」というのが時間の現象だとすれば、この宇宙は、時間の広がりだ。釣り人は、時間の宇宙《コスモス》のなかに、竿や仕掛けとともに飲み込まれていく。

桜エビを勧めてくれた上田さんは癌のため亡くなってもういない。戸田の海の底も広く泥で蔽われるようになり、彼が生きていた頃に比べると、釣れなくなった。魚の種類も変わり、南方の魚アオブダイまでかかってくるようになった。息子たちも大人になって東京に出て行った。亡き父親がかつてお得意さんだった街角の釣具屋は、量販店に押されて店じまいしパーキングに変貌した。私たちの世界も時間のなかにある。
私は、というと老人になり、バネ指の右手でいつまでこの釣りができるのだろうと考えたりする。少し前までは真冬でも、他の小魚が少なくなってチャンスだとばかりに、田子《たご》などボートの出せる湾を求め、ノーマルタイヤの車を走らせて天城連山を越えたが、今では情けなくも、西風が強くなると竿をしまい始め、貸しボート屋が営業を休む十二月には、こちらも冬ごもりに入ってしまう。それでも桜の花がほころびボート屋が営業を再開するようになると、かの触感の小宇宙の誘惑に抗しきれずにボート屋のマー君に電話をかけ、戸田に向かう（口絵5）。もっとも殺生は殺生なので、死んだら富士山の見えるあの小さな湾に骨を撒いてもらいたいと、息子たちにいったりする。ただし彼らからすると、手間もお金もかかるし、大人しくお墓に入ってくれということのようだ。金銭の世界、有用性の世界からの離脱は、死んだ後もむずかしい。

二〇二〇年十一月

# 触る

陽光のなかを幼児たちが通り過ぎる。保育士に連れられて近くの公園に向かう彼らが、手をつなぎ合って歩いていくのは、目を和《なご》ませる。保育園は、おそらくかつて私の子供たちがお世話になっていたところだから、親としての過去が、もはや取り戻せないものとして思い起こされて、少し切なくなったりもする。けれども同時に私は、或る小説の一節を思い出す。よく似たシーンを思い浮かべる主人公は、「そんなに親しく手をつなぐな」と叫ぶ心の声を、止めることができない。手をつなぐこと、触れ合うことを巡る、春のまどろみのような空気感と、主人公の内にわだかまる暗がりとのコントラスト。この主人公の感性は異常なのか、それともそれは、触り合うことがもたらす安らぎのさらに奥にあるものを、なにかしら感知しているのだろうか。

一九九〇年晩秋、ベルギーの古都ブルージュを訪れた私は、ヤン・ファン・アイク

《ファン・デル・パーレの聖母》の前に居た。夕刻まで間があるというのに既に薄明のなかにあったフローニンヘン美術館の内部は一層暗かったが、この絵は、静逸な光に満ちた空間を開いているように思えた。触《ふ》れればそこにものがあるかのようなリアリティー。それは、油彩の歴史の始まりにこのような技術があったことに対する驚嘆を呼び起こすだけではない。聖母子のみならず、描かれた衣服や絨毯にも、犯しがたい神秘性が宿っている。絵画描かれたものである以上、そこにあるのは、むろん触感の単なる見かけにすぎない。絵画が視覚像を提供するものであるに留まるなら、なぜ画家はそこに触感の趣きが宿るよう努めたのか。神への畏敬がなお強固に生きていた、と歴史家ホイジンガが認めた「中世の秋」にあって、創造の神秘への賛美が画家を動機づけたであろうことはたやすく想像できるが、その答えだけではどうも腑に落ちない。それは無信仰のこの私ですら、画面が帯びている神秘感に心が反応してしまうからである。あるいは、こう問うてもいい――なぜ五〇〇年近くのちに岸田劉生は、ゴッホばりの若い頃の作風を捨てて、後期ゴシックのこの巨匠を範としながら、触感の再現に向かっていったのか。ひょっとすると「創造の神秘」とは、教義上のことであるよりむしろ、私などにもどこかで通底している体験的な出来事ではないのか。

私たち人間は、なにかに触るとき、それに対して既に警戒心を解いている。生後間もない赤子ならいざ知らず、私たちは、まずいきなり触ろうとはしない。目隠しでもされない限り、目でたしかめてから、ようやくそれに手を伸ばす。恐る恐るなぞった指の感触が、なんらかのしかたで安全性を告げたとき、私たちはようやく手の平を開いて、当のものの全体を撫でまわす。おおよそこんな具合で進む、ものとの接触は、なにを意味しているのだろう。

なるほど人間が身の安全を確保するための第一のセンサーとして選ぶのが視覚であることは、この順番を考慮しなくても、普通にいえることだ。けれども私たちはたいてい目で見ただけでは済まさない。一瞥を以って終わるのは、そのものを熟知しているか、あるいは関心がないかの、いずれかだろう。接触して初めて私たちは、ものとの最初の出会いを完了した心持ちになる。

人間の諸感覚のなかでの視覚の優位は、古代ギリシア人にとって常識であり、そのことは、たとえば知ることが、見ることとのアナロジーで語られるところにも現われている。彼らのなかから生まれたイデアという言葉は、「見る」を意味する動詞エイデナイから派生した。イデアは、ものの本質を指す、知識全体にとっての基幹語である。それは、今日の科学もしくは技術にとっても中心的なタームであり、アイデアという言葉になって、頭脳のなかだけの現象を指すかに見えるなど、幾分軽い響きをもつようになったとしても、知の粋《すい》であることに変わりはない。だがそれに対して、触覚が先のような神秘的な局面で示す深さは、どう考えたらいいのだろう。

見ることは残像を残す。もちろん残像が持続する時間はさまざまだが、他の感覚像と比べると記憶のなかに比較的長く残り続ける。幼い頃仰ぎ見た木漏れ陽、少年の日冷えた大気の向こうに遠望した青い山々——遥か昔の視覚の残像は、私においてすら、今なお甦る。もちろんそれらは反芻される内に、言葉に置き換えられるか、そうでなくても言語となった記憶と区別しがたくなってはいるのだが。

ならば触覚はどうか。それも余韻を多少残すとはいえ、接触していたものが遠ざかってしまうと、瞬く間に消えてしまう。しかも視覚が与えてくれるような眺望は、欠けているか、あっても著しく狭い。もちろん触覚がもたらす経験であっても、言葉にして残そうとはする。だが、スベスベとかヌルヌルとかいった言葉は、とりあえず触られたものの側の様子を言い表してはいるが、こちら側の肌に生ずる感触も示している風情《ふぜい》だ。ゾクゾクとかザワザワとかいった擬態語になると、主体の側の出来事がクローズアップされるとともに、主体を脅かそうとする対象の力も増してくるなどといった具合に、視覚とは異なり、経験の主体と客体との関係が曖昧に揺れ動く。聞くところでは、モフモフという猫の手触りや抱き心地を表わす最近の言葉は、「モフる」というタームとなって、抱いている人間側の快感の表現にも転移しているらしい。主体‐客体の関係が動揺する経験は、主語と目的語を区別して明示する言語とは相性が良くない。それでも幾分なりと触感に輪郭を与えようとすると、出てくる言葉は、視覚的なものと癒着してしまう——羽のような柔らかさ、あるいは蛙の肌のようなヌメヌメ感。魔性の女に抱きつかれた旅の僧の触感を、『高野聖』の泉鏡花は、「花びらの中へ包まれたような工合」と言い表したが、この表現もまた視覚的だ。

要するに時間的に残存し存続していく視覚イメージに比べると、触覚が残す像は、ひどく現在的で、たちどころに消えてしまう、しかも捉えがたく不定形な代物であり、およそ原始的であるようにすら思える。触覚でなく視覚が知の類比物となってきたのも、おそらくそんなところに理由があって、知が目指す本質は不変でなければならないということから、イデアという視覚的イメージと結びつきやすかったのだろう。

けれども深夜、なにものかに巻き付かれた感覚に目が覚めたことはないだろうか。爬虫類か、あるいはナメクジのような肌ざわり。気味の悪さに汗ばんだことは、誰でも人生のなかで、一度や二度はあるはずだ。そのあとには、上記のような触感の現在性もしくは儚さにもかかわらず、強烈なリアリティーが肌に残っていたのではなかっただろうか。『高野聖』では、蛭《ひる》の群れに吸いつかれた強烈な気色《きしょく》悪さは、かの美女の手で洗われるまで、旅の僧の肌から消えはしない。儚さとリアリティーという両面性が、触覚のもつ不思議さには属している。

見ることは見られるものをこちらから伸びていく視線の向こうにおく。見る者としての私は必然的にこちらに残り、見られるものは常に他なるものとしてあちらに留まる。見ることは他なるものへと向けられた欲望でもあるが、それが発動する源の一つは、他なるものとの出会いが、私たちの経験を拡大させるところにあろう。同一のものを見続けることは飽きることだし、ときとして苦痛ですらある。どこにでもある凡庸な風景ですら、走る車窓を通せば無聊を慰めてくれるように、運動し変化するものは、私たちの視覚的欲望をそそる。他方こちらに残る私の目は、この経験のアンカーとして視野の中心をなす不動の点をかたちづくる。私の視点が揺らぐと視野は安定性を失うが、これが固定されれば、見られるものがたとえすばやく動いたとしても、捉えることはむずかしくない。いやそもそも定点を置かないことには、運動は捉えられない。こうして私の眼差しのありかを特別な中心としたパースペクティヴが開かれる。

見る者と見られるものとの距離と異他性、見ることの原点としての目の不動性とそれが開く地平は、知ることにアナロジカルな構造を出現させる。知ることもまた、常に他なるものへとその支配を拡大しようとする。たとえ「AはAである」という、古典論理学の原則の一つである同一律が常に真だとしても、それに終始するなら、知は同語反復に留まり新しい知的局面の獲得に開かれてはいかない。さらに知ることは、見ることと同様、不動の点、いわゆる「アルキメデスの点」を要求するのであり、さもなくば獲得された知識はバラバラになって消えて行ってしまう。

しかしながら、見られるものが他なるものであることは同時に、見ることが永遠の疎外のなかにあることをも意味している。見ることが見られるものを、「不動の自己」という底板が打たれた標本箱のなかに取り込んでみても、そこにあるのは自分自身の目に結んだ鏡像にすぎず、見られるものは見られるものである限り、なお彼岸に留まっている。見ることに必然的にまつわるこのような疎外感を振り払うために、私たちは他なるものとして向こうにあるものに、文字通り手を伸ばすのではないだろうか。見ることが確保していた距離を飛び越えて差し出された指に、彼方からの信号を受け取ったと思われたとき、私たちはそこに生ずる親密感をたしかめようとさらに強く、これを抱きすくめる。

たしかに触ることは、文字通り距離を取り払う。私は触られるものと直《じか》に接し、その肌触りによって視覚像を超えてそれに到達したかに思う。視覚においては彼岸に留まり続けたものが、今ここにともにあるという恍惚――ヤン・ファン・アイクの創作は、この至福を画面に定着したいという欲望によって、見ることの構造からすると無謀ともいうべき直接的接触感の現出という試みに突き動かされていったのではなかったろうか。ひょっとすると「神の創造の神秘」というものも、視覚というかたちで私たち人間に宿る有限性が生み出した、触覚への憧憬の産物なのかもしれない。長年人々が撫で続けた痕跡であるテカリは、日本の仏像などに見られるが、ヨーロッパの教会の聖者の石棺などでも見かけたことがある。年端もいかない子供にも発生する撫でることへの欲望は、「ご利益《りやく》」といった利害を期待してのせいとは思いかねる。神仏の加護など願ったこともない私でも、たとえばイサム・ノグチの作品などを前にして、ただ見ていることのもどかしさゆえに撫でてみたいという衝動に駆られたことは、幾度となくある。

けれども憧憬された触覚は、至福のままに留まりえない。触ることは私が触るというかたちで始まったとしても、同時に触られることでもある。時とともに、触っている私は希薄となり、いずれが触るのか触られるのか不分明な状態へと移行していく。触覚は視覚にない同一感をもたらすが、それはまちがいなく自己喪失でもある。ここに生ずる私の消失は、なるほど疎外されていた自己から離脱するという意味で、一種のエクスタシーであり、性的接触や親子の抱擁などに、それを感じることも多々あろうし、そのような忘我を「他者との人格的合一」と解釈することすら起こる。けれども恍惚はやはり、忘我である限り、経験の主体であったはずの私の喪失でもあり、美女との接触によって男たちが馬や猿や蟇蛙に変えられてしまうという『高野聖』の物語は、おそらくこうした自己喪失の一つのイメージ化だ。のみならず、合一したという限り、他者もまた他者でなくなるわけで、求めていた他者は見失われてしまったといわざるをえないのであって、そうして広がる索漠とした光景の記憶を、恍惚が過ぎ去ったあとの自己は、他者との断絶の徴として、さらに一層苦々しく嚙みしめることになる。触覚がもたらす親近性は、再度訪れるこうした疎外の予感を伴う。この予感は幼児たちの親しげにつないだ手と手の間にも潜んでおり、かの小説の主人公の心に射したのは、その影だったのではなかろうか。

なるほど『惜しみなく愛は奪う』の有島武郎が「自己を保持したままの幸福」などとい

いつつイメージした他者との同一化は、間違いなくお目出たいエゴイストの妄想でしかなく、そういいながらも結局有島自身経験することになる、恍惚後の白々とした寂しさは、人間という存在にとって不可避の運命というべきだ。他者との間には、架橋不可能な深淵が口を開けている。

だが――と私は考える。陶酔のあとに曝け出された寂しい自己の姿を見て嘆くのは、それ以前の自己、あるいは理想化された自己イメージへの執着として、これまた一種のエゴイズムではないのか。エゴイズムが醜いのは、他者を侵害するからだけでなく、およそ大したこともない自分をたいそうなものと思いなしている、より深い自己欺瞞がそこに透けて見えるからではないのだろうか。かの深淵の上に拡がっている情けなさは、寂しいものとはいいながら、どうしようもない人間のリアルな姿というべきだろう。それを事実として受け入れるとき、ほんの少しだけ人は醜さから救われる――そんなふうに考えてみると、ものであれ人であれ、他者との克服しがたい距離の存在を知り、完全な合一など不可能と諦め、己れの弱さを自覚しつつ、その上で差し出される指は、人間並みのものが示しうる、いじらしい姿とも思えてくる。

そんなことを、触ることを巡ってぼんやり考えていたら、「月食が見えるよ」というL

ＩＮＥのメッセージが飛び込んできた。外に出てみると、東の空に既に赤黒くなった月がかかっている。月は遥か彼方にあるが、それを染め付けている色は、人間である限りやはりまた孤絶の内にある私も足をつけている、この地球のものだ——そう思ったら、月食という光の現象と戯れてみたくなった。

雨も降らぬに　傘さしかけた　月のかたちを

そこまで詠って送ってみたら、

なぞる指

と返ってきた。

『社藝堂』第九号二〇二二年「思想表現の可能性としての随筆」の一部として既出

# 《二階ぞめき》

《二階ぞめき》という名の落語の演目を初めて聞いたのは、いつのことだっただろう。NHKのラジオ放送を通してだったから、かなり時間が経っているのはまちがいない。ラジオを聴くという習慣は、私の場合絶えて久しい。

「ぞめき」という言葉は、この演目のほか、耳にしたことがないし、読んだことも稀だから、このハナシの内容から推測することになるのだが、動詞としての「ぞめく」が「ヒヤカシて歩く」というほどの意味であるのはたしかで、わずかに知る永井荷風『墨東奇譚』、あるいは司馬遼太郎『竜馬がゆく』や『峠』などの用例も同義で使われている。「ヒヤカス」の方は一般化しているが、五代目古今亭志ん生がこの演目のマクラで語っていた語源説明によると、吉原近くの紙漉き職人が紙を水に「ヒヤカシ」ている間、退屈しのぎに「ナカ」に行って、娼婦の品定めをして歩くことから来たのだという。「浅草紙」、つまり塵紙の原料となる古紙が水にふやける間の時間しかないのだから、職人たちは実際に上がり込んで妓《おんな》たちと戯れることはない。せいぜい誘ってくる彼女らをからかうだけだ。

　ウィンドウショッピングの日本語の語源は、インターネットで調べてみると、志ん生のいうとおりのようだが、吉原通いに嵌って勘当寸前であるこのハナシの主人公は、ナカの妓たちと実際に遊ぶ《木乃伊《みいら》取り》や《山崎屋》、あるいは《唐茄子屋政談》や《よかちょろ》などの若旦那たちとは異なる。というのも彼は、父親たる大旦那から勘当される前に目当ての女性を身請けしたら、と勧める番頭に対して、自分が好きなのは吉原という街そのものであって、「妓はどうだっていいんだよ」と、いい放つからである――「俺はヒヤカシて歩くのが好きなんだ」。それじゃあ、ということで番頭は、若旦那が家に居るように、出入りの大工の棟梁《とうりゅう》に頼んで、店の二階に吉原の街並みを作らせる。若旦那は出来上がったその空間が気に入り、そこを「ぞめい」て歩くのだが、もちろんあるのは空間だけで、妓たちもいなければ客引きの牛太郎もいないし、すれ違いざまに喧嘩相手に変わる男たちもいない。けれども若旦那は一人で、牛太郎とのやりとり、妓との格子越しの駆け引きを演じ、ついには男たちとの喧嘩もやってみせる。「殺せ，殺せ」とわめくに到る一人芝居が発する音は、階下の父親の耳にも届くわけで、いらついた大旦那は小僧を二階に向かわせる。ハナシは、二階に上がってきた小僧・貞吉に、若旦那がこう語りかけるところでオチる――「おう、なんだ貞吉か。悪いところで会ったなあ。大変なところで会っちゃったなあ。おうおう、おめえねぇ、俺にここで会ったってこと、うちぃけえったら、親父に黙っといてくんな」。

このハナシで面白いと思ったのは、主人公の若旦那を通して志ん生が浮かび上がらせる夜の吉原の光景もさることながら、ハナシのなかに、もう一つ別なフィクションがはめ込まれているところである。落語はそれ自体フィクションなのだから、ここではフィクションのなかにフィクションが組み込まれているのだが、全体としてのハナシの方に大旦那や小僧の貞吉を配することによって、若旦那の「ぞめき」を虚妄として映し出す仕掛けになっていて、その結果若旦那の妄想の世界と反比例するかたちで、大旦那たちが生きている地のハナシが対照的にリアリティを帯びてくる――ここが面白いと思ったわけだ。もちろん大旦那たちの世界もまた《二階ぞめき》というフィクションに属しているのだから、若旦那の「ぞめき歩き」と基本的に同じ、ただのハナシにすぎず、虚構性に関しては寸分の差もないと、いわねばなるまい。してみると、大旦那たちの世界が帯びてくる「リアリティ」とはいったいなんなのか。それはとりあえずフィクション間の争いにおける「勝利」といったところだろうが、大旦那たちの世界もサゲとともにあぶくのように消えていく運命なのだから、この「勝利」も、結局のところリアリティの消失に帰着する。そうでなくてもフィクションは所詮人間の作りものなのだから、「勝利」としてのリアリティとは、「作られたリアリティ」、つまるところフィクションであってリアリティではない、ということになるだろう。けれどもフィクションが軋みあっている、その場所とは、いったいなんだろう。それはフィクションとは異なるなにものか、人間が作ったものではない、いわば「原始の闇」のようなものではあるまいか。もしもそうだとしたら、そこに、まがいもののリアリティとは異なる、別なリアリティへの通路が隠されているのではないだろうか——かつてそんなことを考えたことがあった。

大旦那たちの世界を「リアル」なものとして映し出した《二階ぞめき》がハナシ終えられたあと、私たちは、自分たちの日常生活という面白くもない「現実」に戻っていくわけだが、この生活世界もまた、基本的にはフィクションとフィクションが重なり合い、また相互に軋み合って出来上がっている、不安定な代物のように私には思える。個人としての「成功」、家族の「平穏」、社会の「安定」など私たちは、なんらかの目的を立て、それに基づいて編まれる計画を「リアル」なものと受け取った上で、これに身を寄せ自らの行為を導いているのだが、それら目的も計画も、虚構性に満ちた物語にすぎない。もちろん私たちは、そうした物語のなかから優勢と思われるものを選び取っているわけだが、それもまたいつかは別なものに取って代わられるか、そうでなくても落語のオチならぬ私たちの死とともに消えていくのが必定だ。政治家があたかも真実であるかのようにカタる「成長」や「美しい国」などといった大きな物語にしたところで変わらない。もちろん虚構性をもたない目的や計画などないし、またそうだとしてもそのような仕掛けなしには、私たちは生きていくことができないだろう。おそらく私たちは、虚しい物語で己れを支えながらとぼとぼと歩いていくほかない。それでも私たちのそんな歩みに、ときとして物語の「優勢」もしくは「勝利」とは異なるリアリティ、あるいは真実性が訪れることもあるように思う。個々の物語に属していないそれは、あたかもぶつかり合う流氷と流氷の間に見える海のように、軋みあう物語と物語の間に顔を覗かせる暗い空間のようなものではないか――歳をとっても私は、あいもかわらず、そんなふうに考えている。

二〇二〇年年初から拡がったコロナウィルスは、社会生活にオンライン化を強い、リアリティを一層ヴァーチャル化したと一般にいわれている。しかし、私たちが「現実」と呼んでいるものが確固たる事実ではなく、フィクションの重層的なぶつかりあいにほかならないとしたら、パンデミックがもたらしたのは、そもそも人間生活がもっている虚構性の露呈にすぎないだろう。

私の散歩コースは、暁の繁華街や飲み屋街を通り抜ける。ときとして夜闇の内に開いていた物語が明け方の光とともに萎んでいく光景に出くわすこともあるが、私はそんな出会いが嫌いではない。ひょっとするとそれは、タクシー運転手に絡む酔客にしろ、互いに手を振って別れていくカップルにしろ、夢の終わりという、フィクションのエッジに立っているせいなのかもしれない。そんな、ちょっと哀感を帯びた人間たちの姿も、生ごみを漁って散らかすカラスたちとともに、コロナ禍の繁華街ではめっきり減ってしまった。

それでもこの夏、スナックのママらしき女性が、かなり歳のイったお客を送っていくのに遭遇した。彼女は別れ際に老人の背中をポンポンと軽くたたいてタクシーに乗せたあと、コンビニに入っていったが、細い肩や首に宿った陰に目を留めた私は、後ろ姿しか見ることのなかったこの女性のあとさきを想像しながら、そうした物語が辿り着かないなにものかに、ふっと触れた気がした。

カラス消ゆ
緊急事態の飲み屋街
朝陽差して疲れを浮かす

二〇二〇年初夏

# 言葉という空間

言葉は空間のようなものだ――そう考えるとき私がイメージするのは、よく耳にする「言語空間」というタームが指しているものとは、ちょっとちがう。
普通「言語空間」といったとき、いわゆる言語が語られ、コミュニケーションが行なわれているところ、その結果社会が形成され文化が蓄積される場所を思い浮かべるだろうし、私自身そうした意味でこの言葉を使ったことも、一度ならずある。日本語の言語空間、英語の言語空間は、日本の文化社会、英語圏の世界というのと大差はない。一般に使用される場合も、大方そんな意味だろう。そういうとき私たちの目線は、英語を語る人々を仮想の水槽に入れたかたちで捉え、言葉を使ったそこでのパフォーマンスとそれが生み出すものを眺める位置に立っているが、私がイメージする「言葉という空間」は、そのような眼差しの在り方から捉えられたものではない。

というのも「言葉という空間」というとき私は、「言語空間」という水槽の外に立つのではなく、いってみればそのなかに入ってそこを泳ぐ魚となり、ともに泳ぐ他の魚たちと言語という水を共有しているからである。いや自らもう水のなかにいるのだから、「水槽」という外から観察するための枠は、その外部から眺める眼差しとともに、消えてしまっている。この空間は私自身の生とともにある。いつかはわからないが私はそのうちに住み始め、ここで人と出会いまた別れ、そしてここから立ち去るだろうことも、そろそろ感じ始めている。言葉と人間のこうした関わりは、取り立てていうこともない自然なものであり、私だけでなく人間の一般的なあり方だと思う。むしろ言葉を水槽に入れて外部から観察するような態度の方が人工的なものであるように、私には思われる。「観察」の視差しが立つと想定される言葉の「外部」というのは、虚像にすぎないからだ。

言葉を空間として考えれば、そこに自ずと距離が生まれる。実際私たちは、言葉とともに人と近づいたり離れたりする。「お前」と呼べば接近し、「あなた」と呼びかけると遠ざかる。英語にはないが、ドイツ語やフランス語には、二人称に親称と敬称の区別がある。親称で語れば親しい間柄になり、敬称で語り合えば、一定の離隔が生ずる。

大学生になって初めて習ったドイツ語の教師は、小説のなかの男女の会話がどこで親称に変わるか面白い、そこで二人がイイ仲になったとわかるからといっていた。ヘビースモーカーで授業中も煙草を切らすことのなかった、このカフカの翻訳者が、ドイツ語のch《ツェー・ハー》、つまりバッハの「ハ」を発音するたびに口から吐き出される紫煙を眺めながら、親称・敬称の変化と恋の成り行きの話に妙に感心したことは、今でもときどき思い出す。現在の大学の清潔な教室では考えられない光景である。

　親称・敬称の区別が存在する空間は、「アイ・ラブ・ユー」とはっきりいわないとわからない世界とちがってイキだなと思ったりするけれども、外国語学習にとっては、ちょっとしたハードルだ。英語の二人称は単数複数の区別なくyouだが、ドイツ語の親称は単数の場合du《ドゥー》、複数がihr《イヤ》。敬称はSie《ズィー》で幸い単複同形だ。「幸い」といったのには、それなりに意味がある。英語もそうだが、ドイツ語も、またフランス語も、それぞれの人称によって動詞の形が変わるから、初学者はともかくそれを覚えるほかない。ドイツ語の敬称二人称は単複同形のSieで、動詞の変化も三人称複数のsieと基本的に同じ、また辞書の見出し語になる不定詞とも、例外はあるものの同じだから、親称で呼びかけるより、敬称二人称の方が楽チンというわけだ。私などは、今もってたいしてドイツ語ができるわけではないし、初級文法の学習のあと、いきなり『純粋理性批判』や『存在と時間』を読みながらドイツ語を覚えていった口だから、まず二人称そのものに出くわした経験がほとんどなかった。しかも、ようやく生きたドイツ語の世界に入ったのが、語学学習に必要な柔軟さを失いつつあった三十歳になってからのことだったから、二人称が必要になっても敬称で通したし、それでまあなんとかなった——と思っていた。だが実のところその頃は、敬称の世界の「窮屈さ」に気づきもしなかったのである。

ようやくそれに目が開かれたとき、私は既に五十歳を超えていた。それを促したのは、ミュンヘン大学で講演したときの帰り、ロビン・レームという友人との間に起こったちょっとした出来事だった。チューリヒからわざわざ来てくれたロビンが市内の親戚に泊まるというので、終了後一緒にトラムでレールという名の電停まで来た。中央駅の近くに宿を取っていたため、そこでUバーンに乗り換えねばならなかった私は別れ際に、自分から「duで話さないか」といった。今思うと、なんとも直接的で無粋な申し出だったと思うし、それよりも、なんでそんなことを言い出したのか、未だによくわからない。講演のあとの興奮が残っていたのと、明日は帰国の途に就くという感傷が幾分まじっていたからなのだろうが、ともかく彼の顔が大きく崩れたのが闇のなかにはっきりと浮かび上がった。文字通り「破顔」といった感じで、あれほど無邪気でにこやかな顔を、私は人生のなかでそんなに何度も観た記憶がない。いずれにせよ私たちの間の距離の近さに私はこの瞬間気づいたのであり、学生の頃煙草の煙とともに聞いた人称による人間関係の変化を、三〇年余りを経てようやく初めて身をもって感じたのである。むろんこの近さは、水槽の外から計測された距離ではない。

言葉を構成する要素はさまざまある。意味や文法、発音などなど……。だが人称の変化とともに伸びたり縮んだりするこの距離感とは、いったいなんだろう。この伸縮を説明するなら、du を以って呼びかけることによって親しさが増したというだろう。あるいは du や Sie という語が空間を密にしたり疎にしたりする、というかもしれない。けれども du にしろ Sie にしろただの音だ。人称による動詞の語尾変化は文法という約束事にすぎない。ロビンと私の場合「du で話そう」という呼びかけと相互空間の気圧変化とはたしかにあるときの関係にあったのだが、音や語尾が人間関係の変化の原因とは到底思えない。むしろ私たちを包んでいる言葉という空間のいわば「気圧」は既に自ずと変化していたのであり、du や Sie はこの変化の自覚を示す徴だといった方が、私にはしっくりくる。

いずれにせよ以来私は、ロビンの家に招かれて彼の奥さんや娘さんたちとも親しくなった。前回ロビンと会ったとき、以前ホームパーティで私が発した下手糞な冗談を、奥さんのナターリアが、今やすっかり大人になったジャミーリアやフェロメーナたちとともに思い出しては吹き出すことがあると聞いた。ドイツ語の本もたいして読まなくなったし、覚えている単語の数は、歳とともに減っているにちがいないけれども、距離の縮減は、私のドイツ語力を少しだけ、でもまちがいなく向上させたのである。

伸縮する言葉の空間は、意味や文法などより、もっと深い始原的な次元だと私は考えている。おそらく意味や文法は、気圧変化の結果この次元の上方に生まれて浮かんでいる雲のようなものだ。この雲に立脚して言葉を人間の能力と考えるなら、この現象の総体を人間という生物のなかに閉じ込め、言葉の源泉から離れてしまうとも思う。人間の能力としての言語といういい方は、考えてみればあやふやな想定ではなかろうか。たとえば意味というものはこの想定に沿えば、脳内で生み出され、他人に伝えられるものとイメージされるだろう。けれども脳を解剖してみても、あるいは生きて活動している脳をなんらかの仕方で観察したとしても、目に見える物体として意味がそこに見いだされるわけではない。あるのはあくまで意味作用に対応すると想定される電気的あるいは化学的な運動にすぎない。意味の伝達に関しては、脳内の物質的運動が、あたかもパソコン内のデータが他のパソコンにコピーされるように、物理的プロセスを通して他人の脳内に移行するとでもいうのだろうか。個人と個人の間で意味を伝達するそうしたプロセスの仮定は、アリストテレスが天体の説明のために想定し、のちに光を伝える媒体と考えられたエーテルを思わせる。私たちは新聞や本、いまならインターネットのディスプレイから情報を読み取る。印刷されたり映されたりする文字のかたちと私たちの脳内の物質的変化とをつなぐものとは、いったいなんだろうか。いや、そもそも伝達とはなんだろう。

空間として言葉を考えようとすることは、それ自身のなかに個人を包んでいるものとして、言葉をイメージする。情報といわれるもの、意味だけでなく、感情も含むこのものが、個人の内部に、たとえば脳のなかに、対応する物質代謝の過程をもつとしても、それは意味や感情に対する個体のリアクションであって、私たちが経験している意味や感情そのものではない。意味や感情が事実としてあるのは、私たちが考えたり、あるいは嘆いたり喜んだりする場面、私たちが今生きている場所をおいてない。その場こそ、私が言葉という空間としてイメージするものだ。もし意味や文法などの要素だけを「言葉」と呼ぶのにこだわるなら、百歩譲って私がイメージするものを、言葉の根っこと呼んでもいい。私たちは言葉の根の広がりのなかにあって、そこでの圧力の変化から浮き上がってくる現象を意味や感情として経験し、またそこで出会う他者とこれを「共有」する。あるいは同じ考えに、同じ思いに、同時に包み込まれ、それによって憑依される。個人から個人への伝達や感染は、あとから整理し再構成した話にすぎない。

要するに言葉という空間に先立って意味や感情があるのではなく、私たちは自分たちがそのなかにある空間の圧力変化を、意味や感情というかたちで捉える。場の変化に意味や感情というかたちを与えるといってもよい。意味と感情とを、私たちは区別しているけれども、両者は源泉から見ればもともとつながっている。さらにいえば、おそらく意味よりも感情の方が原初的な空間に近く、それゆえそのかたちは明確な輪郭をもたない。意味は形体化された感情といえるかもしれない。だが感情は、ただの曖昧模糊としたものに留まるのではなく、その原初性ゆえに意味に命を与える。つまり意味として語られることは元来月をとりまく暈のように感情を伴っており、それが失われると、いわば水分を失った植物のように萎れ、ついには乾いた標本になってしまう。「愛してる」という語りの意味は、感情とともにあってこそ、恋の出来事の甘美な悲哀を内に宿し、空疎さと陳腐さから免れる。意味は、感情と結びついて言葉という空間のなかで震える。

アリストテレスの『弁論術』という本は、人を説得するための言語使用の技術を論じたものだが、彼はそこで、感情の分析に考察のかなりの部分を割いている。それは、説得の現場にあっては、「意味」の論理的結合（ロゴス）だけでなく、感情（パトス）もまた議員や裁判官、あるいは大衆を動かしているということから、この哲学者が目を背けなかったからである。いわく語り手は法廷で、恐れや憐み、あるいは恥じらいを考慮するかたちで、聴き手を説得しなければならない。ロゴスによる問答によって真理に接近することを強調し、弁論術を蔑んでいたプラトンよりも、アリストテレスの方が、私たちの住み家である言葉という空間に近いところで考えていたのではないか。プラトンもまた、言葉とともに生ずるそうした感情の働きを知ってはいたが、「喝采と怒号の劇場政治」を批判するというかたちで、感情を理性的判断から切り離して遠ざけようとしていたきらいがある。

言葉と感情の結びつきを考慮に入れることは、言葉という空間のもつ魔術性もしくは呪術性を事実として認めることでもある。弁護人が感情に訴え人々の利害関係に偏差をもち込んだりすること、強力な扇動家が演説によって「劇場」を現出させて人々を強く呪縛し特定の方位へと導くこと、あるいは集団で称名を唱えたり、合唱したりすることによって連帯感を高揚させることも、プラトンが批判したような、言葉という空間のもつ危うさを示している。サッカークラブのサポーターである私自身も、コロナで今はストップさせられているスタジアムでの声援のもつヤバさを承知しているつもりだ。だが他方、危ういものこそ美しく、また人を魅惑する。言葉という空間の魔術性は、文学の原点でもある。無味乾燥な論文調の文章しか残していないアリストテレスに比べると、ギリシア演劇を模したかたちで対話篇を綴ったプラトンの方が、はるかに文学的だ。だからこそ主作品とされる『国家』の彼は、劇場政治批判のラインで思い描いた理想国家から、詩人をイカサマ師として追放しようとしたとき、わざわざ彼自身抱いている「ホメロスへの愛に抗して」と一言断ったのである。

言葉という魔術的な空間のなかで詩の花は開く。それは物理的には遠い距離、あるいは時間すらも超える。インターネットなど思いもよらぬ昔、遠く離れた恋人たちは、相聞の歌を交わすことによって共同の空間の内にいることを確認した。そして彼らが死に絶えた、遥かのちになっても、この空間は人々を自らの内へといざなう。和歌の研究者である渡部泰明さんは、和歌を演劇的なものとして考えようとする。枕詞とは、三十一音の劇場へと役者を呼び出す掛け声のようなものだ――渡部さんのそんな説明にぐっと引き込まれたことがある。野田秀樹とともに《夢の遊民社》を立ち上げた経歴も彼をそうした解釈に導いたのだろうが、空間としての言葉というイメージは、彼の和歌論と相性がいいのではないか。渡部さんとは、君とかお前とかという言葉こそ使わないが、ドイツ語ならduで話し合う空間の内にいる。今度会えたら、酒を酌み交わしながら、そのあたりを確認してみたいと思う。

二〇二一年十一月

# 家――存続するもの

「御社」とか「弊社」とかいう言葉が若い人たちの口から漏れると、なんだか変な気分になる。敬語表現が多いのは日本語の特徴かもしれないが、どうしてこんなに持ち上げたり、へりくだったりするのだろう。しかもその褒貶《ほうへん》が、目の前の相手自身、自分自身に対してではなく、それぞれが所属している組織につなげるかたちで行なわれているあたりには、なんだか小ずるさの臭いすら漂う。私が若い頃は、こういった言葉を身の回りで聞いたことがなかった。もちろんいわゆる「実社会」に出たことがないので、それは私だけの話なのかもしれない。けれども大学入試の面接などで、受験生から「貴大学」などといわれたときなど、やはり同じようにいやな気持ちに襲われたものだ。おそらく、自分が大学という組織の一部として考えられていることが、不愉快なのだろう。

一九七二年五月、ハイジャックした飛行機でイスラエル・テルアビブ空港に降り立った奥平剛士《つよし》・安田安之・岡本公三の三名は、仲間釈放の要求が拒絶されると、空港ターミナルビル内で乗客や警備隊に向けて銃を乱射し、多数の死傷者を出した。この事件を受けて日本政府は、イスラエル政府に謝罪するとともに、被害者とその遺族に賠償金を支払った。また多くの論者は、まもなく「日本赤軍」と呼ばれることになる彼らの行いに対して、たとえば「イスラエルまで出かけて行って爆弾を投げる位なら、まず日本問題を直視したらどうなのだ」などと非難をぶつけた。

だが当時演劇を始め多彩な活動を展開していた寺山修司は、そうした論調とかなり異なる反応を示している。彼が問題視したのは、「日本」を捨てたはずの「兵士たち」に対し、彼らを改めて「日本」のなかに回収し、その「犯罪行為」を本人たちに代わって詫びる、「代理」のシステムのことである。彼は評論「岡本公三論」で、自分が子供の頃、郷里の有力者の息子である同級生から、自慢のアゲハチョウを盗んで蒸気機関車の釜のなかに閉じ込めたことに対して、「子の犯した罪は、つねに親の罪である」といって母親が彼に代わって詫びたという「思い出」を披露し、人間を個人として自立させない根深い制度を告発してみせた。自分を奥平たち、母親を日本政府などになぞらえたこの思い出話は、閉じ込められたアゲハチョウが翌朝汽車の出発とともに、「火の粉の中を狂い飛び、やがて燃

写真1　パレスチナの星を屋根に背負う京都大学西部講堂

えて死んでしまうだろう」という、なんとも怪しげな光を放つ一文が示唆しているように、寺山流の作り話であったにはちがいない。だが彼がここで「出発」させた「汽車」は、かつて唱えた「家出のすすめ」の象徴であって、かの「代理」の制度とは、彼の生涯の重荷であった「家」にほかならなかったのである。

奥平と安田が所属していた京都大学。その西部講堂の屋根には、当時岡本を含む三人と結びつけて描かれた三つ星（写真1）が、ペンキの色は褪せながら、今なお残っているが、廃屋のように見えるこの建物と同様かの事件は、人々のなかで風化してしまっているように見える。だが二〇一四年に起こったＩＳＩＬによる日本人二名の拘束殺害事件は、その残忍さゆえに、記憶に残っている人も多いだろう。この事件で殺されたのは、今度は日本人なのだが、事件を報じるインターネットのニュースサイトに添えられていた中国発とされる反応の一つに、私はあのときの寺山のことを思い出していた。というのも、「日本人恐るべし」とタイトルされたそれは、殺された湯川遥菜氏の父親が、政府や関係者に迷惑をかけて申し訳ないと、謝罪したことに対してのもので、中国だったら、自分の子供を殺されたら身代金を払わなかった政府に非難を浴びせかけていただろうに、日本人は我が子を国家のために犠牲として供するから怖いというものだったからだ。湯川氏の父の態度を報じたニュースがどこまで事実に基づいたものなのか、定かでないし、中国にあって人々が実際政府に批判の矢を向けられるかどうかもまた、その後の香港のことなどを思うとあやしい。ただし「代わって謝罪する」という態度は、寺山がかつて問題にしようとしたものであり、個人は自律的存在としてあるべしと考えた場合、やはり「恐ろしいもの」といえないこともなく、個人という存在を引き込んでしまう暗い渕のようなものが、かのニュースを視聴者としてさほど無理なく受け取った日本人のメンタリティーにまったく存在していないとはいえないように思えたのである。

一九七二年と二〇一四年の二つの出来事を並べてみたのだが、そこから「家」という制度の根深さが改めて浮かび上がってくる。寺山の「家出のすすめ」は、もともと一九六三年に出版された『現代の青春論』で語られたスローガンだったが、「家」への抵抗は、戦後の民主主義と高度経済成長の時代に初めて現われたわけではない。たとえば日露戦争後の一九一〇年頃に登場した『白樺』派と呼ばれる知識人や芸術家たちもまた、明治維新を推進した父親世代のもつ家父長的制度に抵抗して個人主義を唱えたのであり、志賀直哉などは、その典型といっていい。いや彼らより二十歳以上年上の森鷗外であっても、ドイツ留学時の恋を実らせようと試みたのであり、一八九〇年の小説『舞姫』で狂ったままベルリンに残されることとなった恋人を、現実には船で日本に来させたのは、森林太郎その人の意志だったようで、これなども森家への抵抗として一つの「家出」だったといえなくもない。もっとも「エリス」のモデルとなった女性は、森家に説得されてドイツに帰ったというし、志賀直哉もまた、父親との「和解」を「自然」なこととして、つまり理由のはっきりしないかたちで、受け入れることになった。「家出」に加えて、「母殺し」を口にし母親のことを亡き者として語っていた寺山も、結局彼女とともに住み、さらに彼女よりも先に病死した。あまつさえ遺された母親は、寺山の別れた妻を養女とするなど、母として具体化した「家」は、死せる息子をも飲み込んでしまったといえる。こうしてみると、日本の社会は、個人が時折自立を唱え、そこからの脱出を試みたとしても、それを引き戻し、飲み込んでいく制度としての「家」に、ほとんど本質的といっていいほど強く深く規定されているのではないかと思えてくる。戦後独立自存する個人をイメージしながら天皇制の無責任性を告発した丸山真男が、晩年日本の社会の基層に「なる」「つぎつぎ」「いきほい」といった、個人の意思などはるかに超えた動因を見出していったのも、それと無縁ではなかろう。

文学や思想だけでなく、たとえば日本の映画の多くが、暗に陽に家をテーマとして含みこんでいることも、おそらく偶然ではあるまい。日本映画の代表といっていい小津安二郎の場合、初期の作品を除けば、「家」の影のないものを見つけるのはむずかしい。小津調の映画が描く中流社会に属するものではなく、庶民の、しかも庶子の子として設定された《男はつらいよ》シリーズの「フーテンの寅」は、まさに葛飾柴又の「家」があってこそ成り立つキャラクターであり、出奔と帰省の反復はその核心にある。「家」とのこうした絆は、出自や来歴が明かされず基本的に孤独であるチャップリン映画のヒーローたちと、同じ役立たずでも大きくちがっている。あるいは通常の家族イメージから離れるとはいえ、やくざ映画でも、親分子分という関係に着目すれば、これもまた一種のホームドラマといえそうだ。なるほどたとえば吉田喜重の作品は、アナーキスト大杉栄を扱った《エロス＋虐殺》など、およそホームドラマとは呼び難い印象を覚えるが、それでもやはりどこかに「家」の臭いが染みついている。彼の処女作《ろくでなし》は、ジャン・リュック・ゴダールの《勝手にしやがれ》と同じ一九六〇年に撮られた作品であり、その翻案関係が云々されているものだが、津川雅彦演ずる大学生が夏の暑い下宿部屋で寝そべりながら呟く「仕送りが来ない」は、ジャン・ポール・ベルモントによって演じられた無法者ミッシェルの口からは、どうあっても出てきそうもない言葉だ。

　個人がそこから逃れようとしても、それに縋りつき、飲み込んでしまう「家」、あるいは逃れ出ようとする個人も、それと共犯関係的に癒着している「家」という存在とはなんなのか。私たちはともすると、その本質として血統や血縁を考えがちだが、「家族を成り立たせるのが血筋なのか過ごした時間なのか」を問うた是枝裕和の《そして父になる》が考えさせてくれるように、話は簡単ではない。社会学者の米村千代さんによると、日本の家の歴史は、血統や血縁などよりも、「系譜」と呼ばれる連続性そのものが重要だということを示している。要するに存続そのものが「家」という存在のアルファにしてオメガであり、血統などは、存続を確認するための一つの徴表、あるいは連続性のイメージを生み出すための手がかりにすぎないといったところだろう。だとすると「家」というものがイメージさせる「一族」といった同質性などは、存続から紡ぎ出される虚構的なもので、いかようにも変わっていくといえそうだ。たとえば皇室の血統的連続性。そもそも皇室ならずともどんな人間であれ、溝に湧くボーフラやあたりを走り回る犬や猫から変身したりして生まれたわけではなく、人間の父と母をもつこと、つまり生命の連続の一項であることは、皇室の人々と寸分のちがいもない。にもかかわらず、かの血統を「やんごとなきもの」として採り上げた上で、「万世一系」の名の下で美化強化し、これを中心に大きな「家」を創出するのだが、この「家」は「臣民」という「同質性」の看板にもかかわらず、実際には多種多様な人々が居住しているから、常に分裂の可能性をもっているわけで、この虚構的な集団は己れの維持存続のために、その「同質性」の内容を絶えず更新していかねばならない。

こうしたことの延長線上では、日本の政党、とくに自民党という政党の在り方も、わかるような気がしてくる。私などは「政党」というと、政治理念、あるいはその具体化としての政策案を共有する集団、とイメージしがちだが、そこからすると、たとえば財政規律に関して、まるっきり正反対な考え方をもっている者たちがひとところに同居しているのは、いかにも不可解に思える。別れてしまえばいいと思うのに、彼らは別れない。別れないのには理由があって、それは集団を維持し権力を保持すること、つまりは存続することが困難になるからであろう。してみると、たまに家出や勘当、あるいは分家といった騒動を見せるにしても、日本の政党もまた、世襲云々以前に一つの「家」であり、結局のところ存続を、この場合権力の維持のみを目的にしている——そんなふうに考えてみると、合点がいく。存続という時間のかたちが「家」の「本質」であり、同族性という、いわば空間的、あるいは共時的なイメージが、そこから由来する二次的なものだとすると、この集団が、政策的な差異など、兄弟喧嘩程度のものとして均してしまうのも、不思議ではないように思えてくるのである。

差異をうやむやにする「家」という構造は、おそらく例の「忖度」という現象ともつながっていて、うんざりする私ではあるが、京都に仕事場をもちながら四十歳そこそこで家族ともども帰郷した原因が、直接的には父親の癌発症だったとしても、今振り返ると「家」の存続を図ってのことだったのではないかと考えてみると、自分のなかにも同じ制度が息づいていることを認めざるをえず、そのことでまた暗澹たる気持ちになってくる。

存続のみを目的とする「家」は、いってみれば実体的な核がないわけだから、いかようにも変質していくだろう。気になるので、実業界に身を置いてきた同期の友人たちに「御社」「弊社」という言葉遣いについて尋ねてみた。彼らによると、たしかに最近話し言葉でも普通になったように思うが、もとは入社試験以来のマニュアル的教育の結果ではないかということだった。さらに、会社に対するロイヤリティーは現在いうほど強くないし、終身雇用がほぼ消滅した今日、それを強く抱けるような状況ではないということでもあった。なるほど若い子たちは、口先だけでいっているのかと思い、集団に飲み込まれない個の姿が見えた気がして、ちょっとほっとした気になった。たしかに会社のような組織は今日、雨後の竹の子のように生まれてはあぶくのように消えていくものだし、大学だって似たようなものだ。家族もまた是枝がその映画のほとんどで描いたように、みんな傷だらけなんだから、若者たちは自らを寄る辺ないものとして腹を据えて個人としてしっかり生きていこうとしているにちがいないと思ったわけだ。

しかし存続を本義とする「家」の根深さを思うと、さて、その行方が気になった。実際同質性への欲望は、そんな簡単に消えてはいない。たとえば個を主張する存在が出てくると、それを排除したり自らの側に回収したりしようとする動きが、たとえばSNSなどインターネットの世界にアノニマスなかたちで発生して広まっているわけで、そうして紡ぎ出されている同質性の夢などは、存続する「家」の現代的形態ではなかろうか――そう考えてみたら、またまた暗い気持に襲われ、寺山修司の母殺しの歌を思い出した。

亡き母の　真っ赤な櫛を埋めに行く
恐山は、風吹くばかり

寺山が映画《田園に死す》で八千草薫に語らせたイメージには、埋められた櫛一つが百にも二百にも増殖して、あっちからもこっちからも掘り出されてくるというものがある。

二〇二二年二月

# 寺山修司がまだ生きていた頃

下北半島をむつ市へと向かう道は、左右に加え上下にも波打ちながら、湾岸を辿る。毎年一度はこの道を走って、恐山から津軽海峡側に降りたところにある薬研《やげん》荘を目指す。女将《おかみ》の旦那さんが存命だった頃を知っているから、かれこれ十年以上の勘定になる。下北半島は大きい。付け根の野辺地《のへじ》からでも一時間半くらいはかかる。一度だけ静岡から泊まりを入れずにここまで来たことがあるが、十六時間運転してくたびれ果てた。そうしてはるばるやって来るのは、女将の料理が絶品で、初夏のウニはもちろん、山菜やキノコの奥

注

もっとも高齢化過疎化が進む日本の山村にあって、山菜や竹の子の採集は、数少ない現金収入の種だという話を耳にした。私を含め都市生活者の嗜好が熊との遭遇の背景には潜んでいる。

深い味を堪能させてくれるからだ。そもそもキノコは好きでなかったし、山菜などジジムサイと思っていたが、ここで食べて初めて、なぜ熊に出くわす危険承知でキノコ狩りや山菜取りに山に入るのか、理解できる気がした。[注]

陸奥湾のワインディングロードの風景で目につくのは、まずはオレンジ色をしたツツジの花だ（口絵6）。ツツジの花といえばピンクか赤だと思っていた眼には、とても珍しかったが、初夏のこの半島では道路わきの家の庭を普通に彩っている。もっとも調べてみると、このツツジはレンゲツツジと呼ばれる種類で、下北のみで見られるものではないらしく、岩手八幡平あたりで見かけたことがあるし、長野県にはその群落を目玉の一つにした観光地もあるようだ。ただ初めて見たのが下北だったからか、私のなかでは、どうもこの土地と強く結びついてしまっている。

もう一つ目につくものの方は、下北の風土と実際に関係が深い。それは林立する風力発電の風車（口絵7）で、行くたびに少しずつ増えているような気がする。半島の付け根の太平洋側は六ケ所村。ここには周知のように核燃料再処理基地がある。自然エネルギーの装置と核燃料施設との並置は、なんとも奇妙な取り合わせだが、ともにこの地域の地味の乏しさと根深くつながっている。

痩せた風土といえば、一五〇年余り前、戊辰戦争で敗れた佐幕の雄藩・会津は、このあたりにいわば「島流し」にされた。彼らは斗南《となみ》藩と名前を換えて廃藩置県までのわずかな間、現在のむつ市に藩庁を置いたが、今もその跡は残っており、この運命の傍らで死んでいった会津人たちのための招魂碑も建っている。九段靖国神社の基になった東京招魂社は、そもそも官軍の兵士たちのためのものだったから、賊軍となって国を追われた彼らの子孫は、自分たちの死んだ祖先のために特別な思いをもってこれを設けたにちがいない。明治新政府から提示された土地の石高の額面が大きかったので、彼らはここを再生の地として選んだようだが、実質はそうではなく、辛酸を舐めたという。

そんな会津藩藩士の一人・広沢安任《やすとう》は、痩せた大地の利用を企て、スコットランド人の農夫を技師として招いて牧場を開き、苦心惨憺の挙句東京にまで進出するほど成功を収めた。彼はたしかに開明的な側面をもってはいたが、その努力を支えたのは、鳥羽伏見の戦いの塵も収まらぬなか自分たち藩士を京阪に残して徳川慶喜とともに江戸に向かった藩主松平容保《かたもり》に対する、これを以って支えたいという忠誠心であり、敗戦後容保の助命の嘆願を申し出て捕らえられ、牢につながれて斬首の危機にも晒された。藩という共同体への帰属意識がなお濃密であった大昔の物語である。

初めて薬研荘を訪れたのは全くの偶然だったが、訪問が頻繁になったのは、寺山修司を扱うようになってからのことである。寺山は、その名も『家出のすすめ』という書物を書き、実際には自分より長く生きた母親を、作品のなかで繰り返し「亡き母」として描き出すなど、家制度の結晶体ともいうべき藩のために生きた広沢とは正反対だ。彼が醸す雰囲気はむしろ、《太陽の塔》や《明日への神話》、あるいは「芸術は爆発だ」の標語で知られる岡本太郎のそれに通じているし、実際この芸術家に俳人・金子兜太《とうた》を加えて、「前衛」をテーマに鼎談したこともある。けれども他方、自分の履歴を強く意識し多くの自伝を書き残した寺山は、その創作にも青森という風土を強調と変色とともに染め付けたのであり、その点では金木町出身で自ら「純粋な津軽人」と称した太宰治はもちろん、流通している『青い山脈』の青春謳歌のイメージにもかかわらず、土着性や母子相姦への志向を秘めた石坂洋次郎とも、近い位置に立っている。

といっても寺山は、青物県内の一カ所にジトっと根を生やしていたわけではない。この県は日本海側の津軽と太平洋側の南部に大まかに分けられるが、石坂と同じく弘前に生まれたとされる彼は、津軽東端の青森市で幼少期を過ごし、戦後焼け出されて南部の三沢に移り、さらに中学生のとき再び青森市に戻っている。そういう意味で彼は青森県内においては根無し草的なところがあって、三沢古間木《ふるまぎ》小学校時代の同級生の記憶に残る彼の姿は、「風の又三郎」のような転校生のイメージだ。だからこそ彼は、かえって土着的な故郷を欲するのかもしれず、具体的な地点を「わが郷里」としてもたなかったせいか、故郷帰属の願望は幽霊のようにふらふらと彷徨い出て、実際には縁のなかったところに根を下ろしたりする。さしずめ恐山はそういった地点で(口絵8)、彼の自伝的映画作品とされる《田園に死す》は、ここを主人公の「故郷」として映し出している。だから恐山に行くのは、一種の寺山詣《もう》でのようなものなのだ。ただし三沢や青森といった寺山の少年時代の生活圏からすると、恐山ははるか遠いところに位置しているし、彼が初めてこの霊場を訪れたのは、東京へ出て活躍するようになってからのことである。

＊

私が寺山修司に関わるようになったのは、せいぜい二〇一〇年前後のことで、或る演劇研究者から勧められるまで、正直彼を意識したことはなかった。私が京都大学に入ったのは一九七六年のことで、彼に率いられていた劇団「演劇実験室・天井桟敷」が市街劇

《ノック》を催した次の年に当たるが、西洋哲学を学ぼうと思っていた私の視界のなかに、センセーショナルなこの劇団は入ってきてはいなかった。

もっとも私の周りには、彼の試みを含むアングラ演劇に関心をもった同級生が少なからず居た。彼らは、大学の演習室の建物を「占拠」してMUIという名の劇団を立ち上げ、学園祭かなにかの人ごみのなかで、ナイフによる殺傷のパフォーマンスをして周囲を驚かせたりした。当時私は気づかなかったが、今から振り返ってみると同級生たちの試みは、マンホールから包帯を巻いたミイラ男が飛び出してきたり、銭湯に男たちが入り込み洗い場で裸のまま体操をして見せるといった《ノック》の「演技」から、直接とはいわないまでも、インスピレーションを得たものではなかったかと思われる。

少し前になるが二〇二〇年春、劇団MUIの一員だった上辻英典君と連絡が取れて、メッセージを交わした。上辻君とは、入学時に同じクラスに配属されたし吉田寮でも一緒だった。彼は卒業後タイに渡って事業をしていたから、コンタクトを取るのは実に四十年ぶりのことだったが、在学当時京都にやってきた寺山に講演会で直接質問したという話を聞いた。質問は、学生時代の寺山の過ごし方についてで、答えの方は全く覚えていないということだったが、早稲田大学時代、寺山は腎臓を悪くしてほとんど入院していたから、答えようがなかっただろう——もっとも寺山という人物なら、なにがしかの作り話をまじえてケムに巻いていたかもしれないのだが……。

寺山及び天井桟敷の京都での活動状況については、三沢市寺山修司記念館の学芸員広瀬有紀さんのほうも情報不足と聞いていたので、講演会がいつだったのか上辻君に尋ねたが、はっきりしないということだった。無理もない、かれこれ半世紀近く前のことである。ただし場所が聖護院にある京都教育文化センターだったということ、翌日京都大学のキャンパスで時計台を見上げている寺山を見かけたことは、上辻君の記憶のなかに残っていた。

寺山は一九七〇年くらいからおおよそ五年間にわたって、通常の劇場空間を捨て市街劇という試みを行なった。先の《ノック》は、その最後の作品だが、ビデオに残っているミイラ男などのパフォーマンスの狙いは、日常的な生活の空間に亀裂を入れ、「堅くたしかな現実」の上に生きていると思い込んでいる人々をこの亀裂のなかに連れ込むことによって、「現実」というものがもつ虚構性、さらにその演劇性を示すところにあった。だが人々は、このような「実験」によってパニックに陥り、阿佐ヶ谷一帯で行われたこの市街劇は、警察沙汰に及んだ。

たしかに《ノック》というタイトルのゆえんである「戸別訪問演劇」と呼ばれるパ

フォーマンスは、団員が戸籍係や国勢調査員などに扮して市民の家のドアを叩くもので、現在なら詐欺師の訪問と受け止められて即座に通報されるにちがいない。あるいは中年独身男性の行動を監視し、それを手紙で本人に報告することを企てた「書簡演劇」など、今風の恐喝にも見えかねず、当時であれ、よく訴えられなかったものだと思う。

寺山は市街劇のほか、さまざまな実験演劇を行なっているが、そのなかには今ならただちにスキャンダルになると思われるものも含まれている。たとえば一九七二年にオランダ・アムステルダムで行われた密室劇《阿片戦争》では、観客を暗闇の迷路のなかに閉じ込めた上で、オーラル・セックスに誘い込んだり、睡眠薬ブロバリン入りのスープを飲ませたりしている。寺山は直後の座談会で、前者に関しては世界演劇史上初めてのことだとけっこう得意げに振り返っているし、後者に関しては観客が思惑通り寝入らなかったことについて、ブロバリンの量が足らなかったんじゃないかと、悪びれた様子はない。天井桟敷のこうした「実験」と比べれば、キャンパス内での疑似刺傷のパフォーマンスなど、たわいないといえなくもないが、いずれにせよ上辻君を含む私たちの世代は、寺山が存命中の空気を吸っていたわけである。

写真1　市電が走っていた頃の百万遍

＊

　私たちが居たキャンパスを含め京都百万遍や東一条界隈は、寺山映画《書を捨てよ町へ出よう》さながらの雑然とした空間であった（写真1）。そこらじゅうに看板が立てられビラが貼られ、また剝がされたその断片が他のゴミと入り混じってあたりに散らばっていた。学生たちはほとんどが貧乏くさく、体型的に似合おうが似合うまいが、当時流行りの「ラッパズボン」のジーパンを履いていた。「ベルボトム」などという洒落た名前を聞くのは、随分あとのことだ。胡散臭い人間もうろついていたし、学内某所にヒロポンの空《から》のアンプルが転がっているという噂を耳にしたことすらある。

今その辺りを通ると、路面電車がなくなっただけでなく街路は清潔になり、歩いている若者たちもおしゃれで、私など名前も知らぬファッションに身を包んでいる。かつてとよく似たジーンズを履いていたとしても、それは「ブーツカット」と呼ばれているらしい。ビラはほとんど貼られておらず、立て看板は、吉田寮の入り口にわずかに見られる程度だ。

こうした変化は、京都大学に限らず、全国どこの大学においても多かれ少なかれいえることで、仕事柄訪ねた経験からいっても、もはやあのような空間を目にすることはない。いずこもきちんと整理されていて、外部の人間が入っていこうとすると、警備員に誰何《すいか》される し、用件を尋ねられるところも少なくない。その分親切は親切で、学内マップも設置されているし、尋ねれば近くまで連れて行ってくれることもある。そういった点で、今日の大学空間の方が、いいに決まっているのだが、やはりなにか大切なものが失われてしまったという感覚を抱きもする。

たとえば百万遍の立て看板は、京都の景観に反するという理由から撤去された。「京都の景観云々」といいだしたのは京都市行政であり京都大学も「行政機関」としてそれにしたがったという話だったが、観光を意識したさもしさは措くとしても、なんだかいやな気がした。あの乱雑さも、一つの景観ではなかったのか。少なくとも《書を捨てよ町へ出よう》が映し出す街の空間は無秩序であり猥雑ですらあるが、そこに漂ういかがわしさが、この作品の魅力を形づくっている。ストーリーとして無茶苦茶なところが多々あり、挿入されたさまざまなエピソードの意味に首をかしげるところなど枚挙にいとまない、この映画を思い起こしてみたとき、今の大学およびそれを取り巻く空間から失われたのは、無秩序なもの、管理を拒むものがもつ怪しげな魅力ではなかったかと思えてくる。

無秩序といえば、教育体制もそうだった。とくに文学部はひどく、授業は多くが五月の連休明けに始まり六月末には終わったし、あいなかに学生側からのストライキも挟み込まれた。単位の管理も杜撰で、同じ曜日の同じコマに設定された授業であっても、試験やレポートによって同時に取ることができたし、筆記試験の場合本人確認もほとんどなかった。そういったことは単位取得を厳密に管理し、しかもキャップ制という名のもと一学年で取れる単位数を制限しているところさえある今日の大学では、想像がつかないことである。もちろんそうした杜撰さがいいとはいわない。しかし、受講する科目への学生のインテンシティーを保つというのがキャップ制の趣旨だと聞くと、そういったことまで管理すべきなのか、とも思う。そもそも人為的に保たれた「集中力」というものがあったとしても、それは「知る」という営為の本質的なところと齟齬をきたすのではないかという気がする。

今日の大学では、どこでもシラバスがあって、場合によっては一年以上前に講義で話す内容を準備しておかねばならない。私などは、実際に話すときになれば、シラバスになにを書いたか忘れてしまっているのが大抵で、さして気にせずそのとき考えていることをしゃべって教員としてのキャリアを終えてしまったが、律儀な人なら自分が書いたことに縛られるんだろうなと思う。シラバスの提示がやかましくいわれるようになったのは、はっきりしないが、かれこれ十年くらい前からのことで、私が学生の頃にはもちろんなかった。半期十五回分の内容が事細かにプログラム化された今日のシラバスを見ると、もう授業は完了しており、その「死亡報告」でも聞かされるんではないかという気がする。

私の指導教授だった人は、講義者の自由が効く「研究講義」という名の科目となると、毎年春の始まりに壮大な企画を提示したが、一度もそれを完成させることがなかった。しかし、とん挫したとしても、人前に晒された試みは、書物では得られないナマモノ感をもっていた。あるいは中世哲学の第一人者といわれた教授は、浮浪者かと思うような服装で登場し、学生に基礎的な理解を与えるはずの講義で中世初期の或る流派のなかでの食事について話し続けた。そうした、いわば些細な話が中世哲学全体の構図にどう関わるのか、当時の私には皆目見当がつかなかったが、俯いて自分が書いたノートを読み上げ淡々と解説を付け加えていくその姿に、学者というものがもつ執念を見る思いがした。この二人の講義を現在のシラバスにはめ込んだらどうなるのだろうか。

なるほど当時、「きちんとした」講義をやる教員も居て、そこで示されたものは、私自身が教える立場に立ったとき、そのまま利用できるものではあったが、シラバス化されやすいそんな講義よりも、もう一度出席することが可能だったとしたならば、私は迷いなく、シラバスという管理システムにはまらない前二者を選ぶだろう。大学に限られたことではないが、教育には「インフォメーション」という言葉が指すような、「型にはまった」知識の伝達を超えたところがあって、しかも管理しがたいそれが、教育にとってかなり本質的なものではないかと考えたりする。

管理されないものへの志向といえば、時計台に書かれた「竹本処分粉砕」という白いペンキの文字を思い出す（写真2）。私の入学当時、滝田修こと、経済学部助手・竹本信弘の免職を巡る闘争が組まれ、この文字は、立て看板や落書きに満ちた雑然とした京大キャンパス空間のシンボルとして、正門から吉田キャンパスに入る者を見下ろしていた。この空間は、ことに彼の免職処分が大学評議会で決定されることになる一九七七年、教養部自治

写真2　「竹本処分粉砕」と書かれた京都大学時計台

会でこれに反対するストライキが決議され、頻繁に学内デモがなされて、たびたび機動隊が導入されるなど、緊張感を帯びた。

　劇団MUIのメンバーはおよそこの闘争を主導した人々のシンパだったし、私自身もこの運動に対して少なからざる共感を抱いていた。ただし闘争に参加した内どれほどの人数が滝田修という人物の思想を理解し共感していたかとなると、けっして多くはなかったと思う。武装闘争を考えていた滝田は、武器簒奪のための自衛官殺害に関わったとして指名手配中だったが、思想系譜的につながる日本赤軍のような武装革命への志向が、当時の京大生の多くにリアリティをもって共有されていたとは思えない。

左翼風の思想を口にしていたとしても、ほとんどの者にとってそれは、観念的なものでしかなかったのではないか。正直なところその頃私は、滝田の書いたものはまったく読んだことがなかった。

けれども闘争への共感が単なる付和雷同でしかなかったかというと、そうともいいがたい気がする。思想の自由を保障すべき大学がこれを管理の対象とし、国家体制にそぐわぬものと認めればこれを排除するという姿勢には、素朴ながら抵抗感があった。当時面倒を見てくれていた教養部の哲学の教授に竹本処分について問うたら、働いていないんだから免職は当然だと、すげなくいいきった。私はそんな紋切り型の答えに、いやな気持になったのを覚えている。この教授は若手の哲学研究者を組織し学界で力をもっていたが、他人を思い通りにしたいというところがあって、のちに自分の「配下」が自主的に研究活動をしようとしたら、「分派活動だ」といって、これに圧力をかけた。そのメンバーでもあった私はこれが引き金になり、まだ若く面従腹背という手を思いつくこともなく、彼の面前で「あなたにはもう従いていかない」と宣言したが、面食らったような彼の顔つきに、あのときの「いやな気持ち」を思い出した。

滝田修に関しては、彼が書いた『ならずもの暴力宣言』を今になって読んでみると、彼自身に管理や支配の志向がなかったとは思えない。彼は「ならずもの」をキーワードにするくらいだから、「一切の管理機構粉砕」を叫びはする。けれども、このスローガンの出どころである全共闘はまだ大衆的なものに留まっているので、「セクトの強力な牽引力＝指導性」によって、その戦闘をより普遍的なものに高めていく必要がある、と彼は語る。

ここにあるのはやはり、盲目的な大衆に対する前衛的な党派による管理という発想だ。彼の議論の枠は意外に古典的で、いわゆる「目的意識論」、つまりプロレタリア大衆の自然発生的なエネルギーにいかに「革命」という目的の意識を与えるのかという、一九二〇年代に日本共産党が実際に展開した議論のそれでもある。もちろん滝田は、日本共産党や社会党などの古い左翼政党に対して、大衆の革命的エネルギーを旧秩序に囲い込んで消してしまうとこれらを批判するだけでなく、いわゆる「青解《あおかい》」（社会主義青年同盟解放派）や「プロ学同」（共産主義労働者党プロレタリア学生同盟）など「旧新左翼同盟八派」も、同じように「反革命」だとして退ける。では彼が結成を呼び掛ける「赤衛軍」なる組織は、これらとどうちがうというのか。彼は暴力的軍事力の獲得とその国際的展開とを強調しながら、民主主義にも抗するかたちで「中央集権と自己規律」をこの組織に与えて、差異を際立たせようとするのだが、こうした志向を、武力を誇示しながら内部に規律を強いる「ならずもの」への意思といい換えてみると、残忍な管理者・支配者のイメージしか私には浮かんでこない。

党あるいはセクトは、なんであれ管理や支配の思想をもつ。かつて竹本処分粉砕闘争に集った若者たちのほとんどは、日本共産党であれ他の新左翼のセクトであれ、そのような志向に対する警戒感もしくはアレルギーをもっていた。少なくとも私や上辻君が住んでいた吉田寮は、外からは「左翼暴力学生の巣窟」と思われていたかもしれないが、いわゆるセクトのメンバーは居なかったと思うし、たとえ居たとしても、そのオルグや情宣活動を許す雰囲気はなかった。三里塚に援農に赴く者も居たが、左翼思想と無縁な学生も多かった。たとえば応援団の副団長だった竹田真一君とはよく一緒に飲んだり麻雀したりしたし、今でも交流があるが、当時もその後も、彼の口からマルクスのマの字も聞いたことはない。

竹田君のような学生がほとんどで長屋的な雰囲気だった吉田寮よりも幾分は「戦闘的」だった熊野寮でも、或るセクトが入り込んだと耳にしたのは、私が学部を卒業し寮を出たあとのことだったと記憶している。したがって闘争の参加者と滝田修というイデオローグとの間には、小さからざる隙間があったわけだが、彼は地下にもぐってしまっていたので、多くの学生にとってその隙間はさして意識されないままに留まり、「ローザ・ルクセンブルクの研究者・竹本信弘個人に対する警察と大学当局の強権的弾圧に対する抵抗」という物語にスッと乗っていけたのではあるまいか。

＊

実は「竹本処分粉砕闘争」については寺山修司も、一九八一年一月『朝日ジャーナル』に書いているが、彼もまた処分に対する抵抗の側に立ちながら、イデオローグ滝田の思想にはまったく触れていない。寺山は、京都大学の学生たちがイデオロギーとは無関係に闘争に参加したとすら見ている。例の時計台「竹本処分粉砕」の文字は一九七七年十二月二十七日に機動隊に守られながら消されたあと、年明け一月一〇日に再度書き直された（写真3）。たとえばこのことを寺山は取り挙げ、ザイルを使って登攀し改めて同じ文字を書いて逮捕された「六人の決死隊」が活動家ではなく、山岳部部員という一般学生であったことに大学当局がショックを受けたと書く。少なくともそのうちの一人は、大学院で同じ教室の同期であり、のちには科学哲学の研究者として大学の教員になっていった。

おそらく一九八〇年末、つまり竹本処分粉砕闘争が終わって既に三年が経過した京大キャンパスを訪れて評論を書いている寺山の関心は、そうして参加した一般学生の志向が大きく変化したことに向けられている。いわく「京大生たちは竹本処分闘争から、個人的内面的闘争へと退行していった」。この闘争において繋がりあっていた若者たちは、その後バラバラになり個別的な私の世界に閉じこもってしまった、というのである。

「「あなたにとって、竹本処分粉砕闘争とは何であったか?」と問いかけられた彼らの一人は、「自分を大切にしたいという教訓を得たことだ」と答えてオーバーの襟を立てて去っていった」。

写真3　書き直された竹本処分粉砕

寺山は、一九七三年にブレイクしていた井上陽水に「個別的な私の世界」を象徴させていう——「京大のキャンパスには、今では数千人の井上陽水たちがたむろし」、その学園祭は「男女交際斡旋の催し事」に満ち溢れている。

たしかにそうだったという記憶は、私のなかにもある。でもこの流れに関していえば京都大学は、他の大学に比べて明らかに遅れていた。寺山は京大の「井上陽水たち」に《イチゴ白書》をもう一度》と呼びかけても失笑を買うだけだといっているが、この歌は松任谷由美、いや荒井由実が七〇年安保学生運動の思い出を代弁するかたちで作詞作曲し一九七五年にフォーク・グループ・バンバンによってリリースされたものだ。荒井が《返事はいらない》でデビューした一九七二年といえば、寺山が先に触れた《阿片戦争》をアムステルダムで催した年でもあるが、年の初めに連合赤軍あさま山荘事件が起こった。このセクト自体学園紛争弾圧から末期的に発生してきた共産主義者同盟赤軍派と京浜安保共闘の残党がくっついてできたものだったが、あさま山荘での人質を取った銃撃戦が警察によって鎮圧されたあと、五月になって「あさま山荘」以前の榛名山ベース事件が明るみに出る。つまりこのセクトのリーダーだった森恒夫・永田洋子への「権力集中」と「総括」という名の「自己規律」の許で十四人の同志が殺害されていたことが判明する。同じ月、奥平剛士らによるテルアビブ空港銃乱射事件が起こり、九月にはミュンヘンオリンピックのイスラエル選手村が襲われる、いわゆる「黒い九月」事件が勃発したが、これ以降、日本の左翼学生運動は急速な退潮期に入った。そうした時流からすると竹本処分粉砕闘争は、五年遅れて発火した残り火のようなものであった。

再度書かれた「竹本処分粉砕」の白い文字も消えてなくなった一九八〇年の京大キャンパスに立って寺山は、そこにたむろする「井上陽水たち」が自分に「「交代！ 交代！」」と叫び続けている」と書いている。彼自身もまた実験演劇を止めて劇場に戻って久しい。一九五〇年代半ばからトップランナーだった寺山は、この時代遅れの学生運動の消滅に、自分もいよいよ過去の人になりつつあると感じていたのかもしれない。寺山は闘争に参加した学生たちの合言葉が「自由の敵に自由を許すな」だったというが、この合言葉がその頃の学生たちの間で交わされていた記憶は私にはないし、当時の友人に確認しても首を傾げる。この文句は、既に一九七一年の《書を捨てよ町へ出よう》で、グラウンドに石灰で書かれて姿を現わしていたから（口絵9）、学生間の「合言葉」というのは寺山一流のフィクションにちがいない。だがイデオロギーよりも管理への抵抗が参加者の思いのベースとしたら、この嘘も「まこと」を含んではいる。

と同時に思うのは、寺山が退場の勧告と受け止めた私的世界への退行は、こうした管理への抵抗もしくは自由の希求に対する否定であるだけでなく、そこからストレートにつながって起こってきた結果でもあるということだ。「自由」は基本的に人が望むことだろうから、それを阻害する敵に対して戦うのは当然だろう。その場合、敵の力が強ければ強いほど、これへの抵抗も力をもたねばならない。警察や大学当局が強ければ、こちら側もそれなりの力を養わねばならないのであり、闘争手段はゲバ棒や火炎瓶から爆弾や銃へとエスカレートしていく。手段の面だけでなく相手が組織として動いている以上、戦う側も組織化が要求される。けれども組織化は参加メンバーに規律を強い彼らの自由を奪うし、武器が強烈なものになれば、規律が一層厳しくなるのは必然だ。連合赤軍事件の同志殺害が、こうして「自由の敵に自由を許すな」の一つの帰結でもあったとしたら、若者たちがこれを見て、「私たち」であることから逃避し、「私の世界」へと、あるいは男女交際のような、複数といってもせいぜい双数的《デュアル》な世界へと退行していくのも、自然の成り行きである。管理や支配に抗した戦いがエスカレートした結果、私的世界にこもっていくことは、なにも京都大学の場合だけではなかろう。いや日本だけでなく、ジョン・レノン《神》が「信じているのは自分とヨーコだけだ」と歌ったのを思い出すと、もっと広く見られる現象であったのかもしれない。そのレノンがニューヨークで射殺されたのは、寺山が時計台を見上げていた一九八〇年末のことだった。

他者とつながることはむずかしい——「交代！交代！」という声に寺山は、改めてそのことを噛み締めていたのではなかろうか。「「私たち」の連帯をつらぬくために闘いつづけた、かつての京都大学の熱気はどこへ行ってしまったのか」――こう書く寺山は、いつになく寂しげである。過去の京大にかなり過剰な評価を与えている寺山だが、彼のなかにはそもそも、党派的な組織とも、佐良直美が歌った《世界は二人のために》のような双数的関係とももちがう、別な連帯のかたちがあったのではないか――そう、私は考える。

たとえば寺山は既に一九六五年、TBSテレビ・ディレクターの萩元晴彦や村木良彦らと《あなたは?…》という番組を作っていたが、多種多様な人々に相互の脈絡が希薄な質問を重ねていくそれは、統一性の欠如のゆえにかえって人々の異なる相貌をテレビ画面という一つの世界に現われさせた。これもまた出会いのかたちだとすれば、それは、共通の目的に突き進むような関係の構築ではないし、同質的なものに沈殿しかねない恋人同士ともちがって、異質なものに向かって開かれている。寺山は俳句から出発したが、俳句の元祖である連歌の世界は、一つの句が、それとつながりつつも異質である別な句を誘発し、果てしなく連続していくなかで開かれる。この世界を彼は、高校時代全国の句友と交流するかたちで受け継いだが、おそらくこうした世界に根をもった別な連帯の可能性を考えていたように、私には思われるのである。

なるほどこのような出会いもしくは連帯がありえたとしても、それは管理を進める側の語りの「リアリティ」を真っ向から打ち崩せるような強固なものではないだろう。権力に戦いを挑む人々からすると、こんな連帯など戦いにとってなんの役にも立たないし、むしろ支配者側に取り込まれ、その脆弱さを以ってこれに利するだけだというにちがいない。けれども、たしかに「役立たず」な、この別なかたちの連帯の可能性において私が一つだけ買うのは、それが、己れの産み出す世界の虚構性を意識しているということだ。他方で管理し支配する者たち、あるいは力を以ってこれに抗する者たちも、自らが依拠するものを唯一真実のものと信じて疑わない。だからこそ、ともに敵対する物語を嘘だとかまやかしだとか決めつけて攻撃し排除しようとする。しかし、支配の物語も抵抗の神話も、人間が生み出したものである限り一個のフィクションにすぎない。連合赤軍に擁護的な立場に立った寺山は、彼らが目指したものを蜃気楼だとする政治学者に対して、蜃気楼でない革命などありえないと、いい返した。連合赤軍の人々は自分たちの神話の正統性を疑わなかっただろうが、革命もしくは政治体制の虚構性という寺山の指摘自体は当たっていると私は思う。ロシア革命もその発端においては帝政の強圧的な「現実」のなかに現われた蜃気楼だっただろう。日本でいえば坂本龍馬が慶応三年、つまり江戸時代最後の年に書いた

「新政府綱領八策」など、ほとんど夢のようなものというべきであり、そのなかに現われた憲法が実際に公布されるに到ったのは、坂本の死から数えて二十三年後のことだった。いうまでもないが、二つの歴史的変革が「確立」したものも今はもう消え去って存在しない。

夢であり虚構でしかない政治体制を「真実正統」なものと見せるのは、或る夢が別な夢との闘争に勝利しこれを排除した結果にすぎず、体制それ自身としてはどこまでも蜃気楼という性格を宿している。そうだとすると、それを揺るぎない真実と思いこむ支配、さらにそれに基づく管理の論理には、己れ自身の本質的な虚構性格に対する迷妄、もしくは深い自己欺瞞があるといわねばなるまい。かつて竹本の処分を彼の欠勤のゆえに当然だと断じた哲学教師に対して「いやな気持」になったのは、いやしくも哲学を教える者でありながら、処分の実行と自分の地位とを支えている制度の虚構性に気づいていないことからくる不潔さの臭いがしたからではないか、と今にして思う。百万遍の立看が「京都の景観にふさわしくない」という行政の考えをそのまま受け入れた京都大学当局の態度にも、知の場所の壊死が放つ同質の腐臭を感じつつ、「他者の矛盾や不義を糾弾することによって、自己をあたかもその悪から免れているとみなす発想は文学にはない」とし、「自己と自己の属する社会の絶えざる告発を運命的な任務」として抱え込んだ文学者・高橋和巳がかつてこの大学に居たということに、私は改めて思いを馳せるのである。

*

寺山は一九八三年五月四日に死ぬ。その五月、早稲田大学時代の寺山の親友だった山田太一の脚本による《不揃いの林檎たち》の最初のシリーズが放映された。だいぶあとになってこのドラマを見たとき、同じ山田による大河ドラマ《獅子の時代》(一九八〇年)との落差を感じたものだ。前者は一九八〇年代学歴社会の、後者は幕末から明治維新にかけての、ともに敗者もしくは弱者をヒーローとしているのだが、中井貴一や時任三郎、柳沢侑吾らが演じた若者たちには、権力の支配にどこまでも抗う、菅原文太扮する会津藩士・平沼銑次《せんじ》の逞しさは感じられない。平沼は山田が造形した架空の人物であるから、幕末から明治初期というよりも、昭和末期に対する山田自身の同時代的感覚を反映していると考えてみたら、山田のなかのこの男のイメージの退行もしくは消失は、寺山がまだ生きていた時代の終焉を、図らずも表現しているという気がする。《不揃いの林檎たち》のバックで鳴りつづけているのは、「二人で見るのは退屈テレビ」（《青空、一人きり》）と双数的関係の寂しさを知ってはいた井上陽水ではもはやなく、概して歌詞が音に埋没していくように歌うサザンオールスターズの《いとしのエリー》である。

《不揃いの林檎たち》は毎回、林檎の実をお手玉のように舞わす映像から始まるが、背景となっているのは新宿西口新都心である。その映像に、昔高校時代の友人たちとルミネ屋上のビアガーデンに行ったとき、そのなかに居た級友間のマドンナが「新宿、わたしの街」と呟いたのを思い出した。おそらくあれは、寺山が死んだ一九八三年の夏のことだ。一九七四年封切りの《田園に死す》が、寺山の分身と目される主役の本籍地を「東京都新宿区新宿字恐山」とナレーションするとともに終わっていくように、新宿はかつて「寺山の街」であったが、九年後の時点で既にその顔を、おしゃれなものに変えていた。

その後四十年を経た今日、社会の管理はインターネットの急速な普及とともにますます強く、かつ一層巧妙に私たちを絡めとっている。東京では高層ビルのガラス窓に反射するキラキラとした光がすっかり空間を支配し、見上げれば空の面積はきわめて狭く、寺山が撮ったような都市の猥雑な空気は、どこかへ追い払われてしまった。けれども、コンクリートとガラスからなる壁面がいかに堅牢に見えようとも、高層ビルもまた、人間が作ったものである。「フィクション」という言葉は、ラテン語でいう「作りもの（fictio）」から来るわけだから、これとて「虚構」であり、永続的なものではない。だとしたら、かつて新宿西口方面に広沢安任によって開かれた牧場があったことを、今この辺りを行き交う人たちのほとんどが知らないように、都庁新庁舎があたりを睥睨《へいげい》して屹立していることも、いつか忘れられてしまうことがないわけでもあるまい。寺山最後の映画《さらば箱舟》は、キメ台詞「百年たてば、その意味がわかる。百年たったら、帰っておいで！」で締めくくられる。そう、一切は虚構。しかし青森の広い空を思い出すとき、この言葉は、支配管理のシステムが虚ろな色に変色したあとに開かれてくる空間のなかで、そっと手を伸ばして繋がりあう可能性を示唆しているようで、むしろ解放の言葉のようにも響く。

二〇二四年一月

# かたちのない死

底知《そこし》れぬ謎《なぞ》に対《むか》ひてあるごとし
死児《しじ》のひたひに
また手《て》をやる

石川啄木『一握の砂』より

二十歳代の一時期、眠ったらそのまま死んでしまうのではないかという思いに取り憑かれたことがある。実際はそう思いながらも寝てしまい、翌朝相変わらず目が覚めるわけだが、それでもその頃の私は、捉えどころのない不安を抱えていた。当時大学院生で将来への見込みが立たなかったということは、おそらくその理由ではない。現在の院生に比べれば、はるかに状況はよかったし、よしんばポストがなくても、どうにかなるだろうといった安穏としたところが私にはあった。不安は、そういった社会的理由というよりも、「実存的」といえば聞こえがいいが、自分の心臓の鼓動が気になるなど、もっとなにか身体的動物的なものであり、だからこそ言葉にして説明するのがむずかしかった。

その頃私は、右足甲の外側のサイドに小さな傷をもっていた。その原因なら説明できる。それは学部の卒業式の前夜、吉田寮の友人の部屋で飲んだあと、遠くが霞むくらいまっすぐで長い廊下の上ですべった結果、床の古い木材の破片が棘として入り込んでできたものだった。当時は既に袴姿の卒業生もちらほら現われ始めていたが、式など出ない寮生の倣いで昼過ぎに起き出し、寝巻代わりのジャージのまま学部の事務に証書を受け取りに行ったとき、赤く腫れた傷口から顔を出していた棘を見つけて自分で抜いたが、炎症はなかなか消えなかった。いきなり暑くなる春の太陽が鴨川の水をギラギラさせるようになっても、傷口から膿が出た。雨が多くなって東山が煙っても変わらなかった。夏が来て帰省し母親に話したら、ひどく心配した。私はたかが小さな炎症だと思っていたが、彼女は、自分の長兄・鉄蔵が火事場で踏んだ釘の傷がもとで破傷風にかかり、長らく患ったのち三十三歳で死んだという、何度となく聞かされた物語を口にした。

母にいわれて親戚筋の外科医に見てもらったら、棘のかけらがまだ残っていたので、切開して取ってもらった。医者は母の姉の息子ということで私の従兄弟にあたるが、七女で末娘だった母の甥だったから、私とはかなり歳が離れていた。既に初老に差しかかっていたこの男とは、親戚らしい言葉は何一つ交わさなかったが、大学院生の私から見たら、熟練した医師らしく落ち着いて見えたので、これでよくなるだろうと思ったら、炎症はまだ続いた。若くして死んだ伯父のことを思うと、たしかに気分がよくなかった私は、夏の終わりに一人で花巻に向かった。当時新しい全集が出て宮沢賢治をよく読んでいたこともあり、東北の広い空の下にでも行けば、快癒の糸口が摑めるかと思ったが、そうでもなかった。北上河畔で私は、かの医者の母である私の伯母が、子供を産んだのち肺結核にかかり、離縁されて一人で死んだという、既に亡くなっていた祖母からも幾度となく聞かされ伝説のようになっていた話を頭のなかで反芻し、ついでに自宅仏壇に収まっている伯母の小さな古びた位牌のことも、思い出していた。

死の想念の発生と時期が重なる足の炎症は、その後少しずつ小さくなり、いつのまにか消えた。消えたというよりも、体が慣れていったような気がする。死への不安はそのあとしばらく続いたが、それもまた同じ経過を辿って薄らいでいったように思う。そもそも寝たまま死んでしまうというのは、普通考えれば、現実性のない妄念だろうし、ましてこれといった病気をしたこともない若い男の場合、その臆病さは恥ずべきことともいいうる。けれども、このとき抱いていた不安が、まったく真実味のない虚妄かというと、そうも思わない。昔からいうように、生まれてきたとき既に、人は死ぬのに十分なほど歳をとっているのであり、いくら若く頑健な身体をもっていたとしても、死は容赦なくこれを襲いうる。つまり死は、人間ならば誰しももっている可能性である。いや、死は可能性としてしか存在しない。「現実的なものとは《経験された事実》だ」というなら、死はけっして現実的なものではない。自分の死の場合、私が死んでいなくなっている以上、そもそも経験する者が存在していないからだ。だから自分の死は、どこまでいっても可能性にすぎず、具体的なかたちをもたない。他者の場合、いくら親しい者の死が痛ましく感じられたとしても、その死はどこまでも他者のものであって、私はこれを我がものとして経験することはできない。なるほど他人の心拍の停止や瞳孔反射の喪失は見て取ることができても、それは死がその人に起こったことを示す兆候にすぎず、私たちはこうした現象の彼方に死を想像するほかない。石川啄木が死んだ我が子の肉体のなかで起こった出来事に触れようとして、その冷たい額に繰り返し手を当てたとおりである。

自分の死に関しても他者の死に関しても、経験できないからなにものかわからないわけで、私たちは死という可能性を巡って不安にならざるをえない。エピクロスという哲人は、生きている間現実化せず、死んだらもう関係ないのだから、死のことなど気に病むなといったというが、凡人はそうはいかないし、「気に病むな」とアドヴァイスすること自体、この可能性が可能性のままに私たちを脅かしているということの証左である。

生きている限り経験できず、捉えることができないにもかかわらず、死は人間が思い煩う事柄だから、この不定形なものに人は太古からかたちを与えようとしてきた。墓や葬式は、そうしたかたちの一つだ。三十歳にかかる頃から私は、この種のかたちに興味をもち始めた。きっかけとなったのは、フランスの歴史家フィリップ・アリエスの死のかたちを巡る著作で、ちょうどヨーロッパに居たから、これをガイドブックのようにして、死のさまざまなかたちを各地に訪ねた。アッティカの墓標（口絵10）に関しては、ミュンヘンなどの美術館に所蔵されたものを見るに飽き足らず、それらの多くが奪い去られたアテネ・ケラメイコス墓地まで出かけた。ローマ・アッピア街道を歩き、迫害時代からある教会のカタコンベ壁面に壁龕のように設けられた墓も見上げた。バーゼルに残っている死の舞踏《ダンス・マカーブル》の断片も見たし、骸骨と人間が躍るこの一連の画像の原型といわれる《三人の死者と三人の生者の出会い》の一例を確認するために、ピサの斜塔の裏にひっそりと建っているカンポサントも訪ねた。

　ヨーロッパ、主としてキリスト教の死生観を基にした、そうした造形物を、私は興味深く眺め数多くの写真を撮った。ウィーンの中心部に美しい屋根をもたげる聖ステファン大聖堂がその地下にもっている、不特定多数の人骨を納めた納骨堂のように、それらは、きらびやかなヨーロッパ文明の底にある暗い層を示している。その地層に眼差しを向けることによって、東アジアに根をもつ私は、異なる文化全体に対する知識と感性の幅を拡げることができたように思う。学生たちにその一端を話したこともあり、そのとき提出されたレポートからは、キリスト教の死生観の具象化である「最後の審判」の物語を始め、おそらく初めて見聞きする彼らが、同じ地層に少なからず関心を向けたことがわかったものだ。今になっても、あるいはコロナが蔓延している現在こそ、ペストが猖獗を極めた中世末期の死の造形などは、人間の生存の儚さの自覚や社会の動揺に関して、類比的なものを感じさせてくれると、いえはする。

　けれども、そうしてさまざまな死のかたちに目を奪われている内に、若い頃抱いていた死への動物的妄想とでもいうべき不安が、自分のなかでいつのまにか消えてしまったことを、私は認めざるをえない。それにはいくつかの理由が考えられる。その時期に大学での定職も得られたし、それと無関係でなく家庭ももった。なるほどそうした「世俗化」は、生の持続をベースとする。だが一方で死に対する関心がなくなったわけではない。もしそうならば、死の造形物を熱心に追うこともなかったにちがいない。今こうした経過を振り返ってみると、死に与えられた物珍しい形象を追っているうちに、そんなかたちに目を奪われ、本源たる可能性としての死を具象化し対象化することで観念化してしまったのかもしれない、と思ったりする。メメント・モリ、すなわち「死を思え」、「死を忘れるな」というスローガンに貫かれていた、あの中世末期の造形物、たとえば背後から死神が砂時計を掲げて忍び寄る若い男の肖像画（口絵11）を見ているうちに、私は、スローガンと裏腹に自分のなかの死の影から目をそらしてしまったのではなかっただろうか。

ダンス・マカーブルの一亜種とでもいうべきだろうか、エロティック・マカーブルともいわれている画像群がある。師匠の大画家アルブレヒト・デューラーと比べると、技量的にはだいぶ落ちるが、ハンス・ヴァルドゥング・グリーンという絵描きの名前とともに思い出す、その種の画像は、「死の舞踏」で老若男女の差別なく踊っていた死神が、若い女を抱きすくめ接吻するシーンなどを、好色さが際立つかたちで描いたものだ。あるいはローマのカプチン寺院のこともある。いくつかある小部屋は、床面・壁面から天井に到るまで、夥しい実物の人骨からなる装飾によって覆われ、驚くべき光景を見せていた。エロもグロも、それ自体悪いというわけではない。ただし人目を惹くこうしたかたちを以って死を見せることにより、私たちははたして自分の内に巣食う可能性としての死を嚙み締めることができるのだろうか。それともむしろエロであれグロであれ、見ることの一種の快楽によって目をくらまされ、かたちのない死を見失ってしまうのではないだろうか。六十歳半ばまで生きて振り返ってみると、少なくとも私の場合、どうも後者だったような気がする。

まだ死の影の感覚が体のなかに残っていた頃読んだ哲学者・久野昭さんの著書に、夏目漱石が鏡に映った自分の顔に死んだ兄の面影を認めた、というくだりが引用されていて、大層印象に残った。当時まだ鬼籍に入っていなかった久野さんの文章は、その調子が好きで、学生だった頃これを真似したこともある。ちょっと経って一度だけ久野さんと酒席をともにしたとき、その頃書いたヴィルヘルム・ディルタイに関する論文についてポツポツといった感じの口調で感想をもらったことがあったが、中身は一切忘れてしまった。漱石の当該の文章の方はエッセイ『思い出す事など』にあるのだが、だいぶのちに柳宗悦《やなぎむねよし》ら『白樺』派を扱った流れで、漱石をまとめて読む機会があり、この箇所も目にして、非常に懐かしく思った。死のかたちということで久野さんのことを思い起こし、改めて『思い出す事など』を読んでみて、一つだけ考えたことがある。

漱石のこのエッセイは、修善寺で持病の胃潰瘍から大吐血して死にかけた漱石が、復帰後その経験を「思い出」して書きつけたもので、当然全体が死に関わるものとなっている。そこには、漱石自身の臨死体験だけでなく、修善寺闘病のさなか、彼が知らないうちに死んでしまった知人たち、具体的には長与称吉《ながよしょうきち》と大塚楠緒子《くすおこ》の死も登場する。長与は、長与病院院長として漱石の胃潰瘍の診察治療にあたっていたにもかかわらず、漱石よりも早く逝ってしまった。『白樺』派のメンバーに数え上げられる長与善郎《よしろう》は彼の弟である。大塚は、漱石の若い頃からの友人・小屋保治《こややすじ》の妻にして女流作家、漱石にもその作品を見てもらっていたが、彼との秘められた恋も噂された女性だ。だが私にとって今回とくに興味深かったのは、やはり漱石が自分の死を巡って書いているあたりである。もちろん漱石は、生き返ったのだから、死を経験したわけではない。けれども彼のその描き方は、つらつら思っているところと共振する。

漱石は、一九一〇年八月二十四日、病状がさほど悪くなっていないという診断結果を受けたあと、夕方突然八〇〇グラムの吐血に見舞われる。そこから翌日まで彼は、自分の様子を「巨細残らず記憶していた気でいた」のに、妻が残した日記やあとで彼女から聞いた話から、意識が途切れていないにもかかわらず自分が三十分間「死んでいた」ことに驚く。いわく、

自分は「強いて寝返りを右に打とうとした余と、枕元の金盥に鮮血を認めた余とは、一分の隙もなく連続しているとのみ信じていた。その間には一本の髪毛を挟む余地のないまでに、自覚が働いてきたとのみ、心得ていた」。そうして「徹頭徹尾明瞭な意識を有して注射を受けたとのみ考えていた余は、実に三十分の長い間死んでいたのであった」。

彼は、「三十分間の死」を認めながら、その死が意識の流れのなかに、つまり生のなかに、まったくなにも痕跡を残していないこと、したがって生と死とがまったくの没交渉であることに、啞然とする。意識のなかの死の不在の記憶を辿ることによって漱石は、かたちがない死をかたちがないものとして描く。

死は可能性でしかなく、経験することができない。かたちのない以上これにかたちを与えたくなるのは人情だ。けれども死にかたちを与えることは、これを経験できるものに変

換することと、意識の流れのなかに取り込むこと、したがって生に翻訳することであって、そのとき死は死でなくなってしまう。死にかたちを与えないまま、そういう意味ではわからないもののまま、これを受け取ること、生きている人間にとってむずかしいだろうが、それが死のリアリティに対する態度ではないのだろうか。ひょっとするとそれは、他者の死という、これまた別な意味で摑みえないものに対しても、採るべき態度、久野さんの著書の一つのタイトルを借用すれば「葬送のエートス」ではないかとも思う。自作の俳句や漢詩を散りばめた『思い出す事など』で漱石は、亡くなった長与称吉と大久保楠緒子に、それぞれ

「逝く人に留まる人に来る雁」
「あるほどの菊投げ入れよ棺の中」

の二つの句を手向けた。彼は二人の死については、両方とも、あとから人伝に聞いたにすぎない。あるのは忽然と生じた空白である。二つの句は、敬意を寄せていた医者や、ひょっとすると恋心を抱いていたかもしれない閨秀作家に起こった出来事を再現しようなどとせず、この空白を指すのみだ。空白に触れるといえば、宮沢賢治もまた、生前刊行を意図しながら実現しなかった『春と修羅・第二集』の原稿のなかに、亡くなった妹のこと

を念じながら、次のような詩句を書き残している。

「いとしく思ふ者が
そのまゝどこへ行ってしまったかわからないことが
なんといふいゝことだらう」

二〇二二年三月

# 追悼二つ

　勧める人があって、以下にそれぞれ溝口宏平先生と宮野真生子さんに宛てた二つの追悼文を載せようと思うが、私自身が書いたそれらは、今になって読み直してみても、心が動くのを止めるのはむずかしい。言葉がもっている不思議な点の一つは感情との関係で、過去に語られた、あるいは書かれた言葉が、あたかもそれ自身の内に保存していたかのように、時《とき》を経たのちもそれを読むことによって、そのときの気持ちを瑞々しく蘇らせる点である。なるほど書かれてから随分時が経ってみると、文章として直したくなるところも少なからずあるが、そのことによって感情の蘇生が幾分か阻害されそうな気もするので、修正し損ねた誤植二か所だけを除いて、そのまま掲載することにする。ただしそれぞれ別な著書のあとがきとして書かれたものだから、改めて読者に供するには、説明を加える必要がある。

＊

溝口宏平先生への追悼は、私の二番目の単著『作ることの哲学』（世界思想社、二〇〇七年）の「あとがき」として書かれた。私より十一歳年上の溝口先生は、同じく京都大学でハイデガーを学び、大阪教育大学の助教授を経たあと大阪大学で教えた先輩で、私が大学院生の頃から手取り足取り面倒を見てもらった恩人である。先生は、かっちりとした学術論文を書く人で、先生から見たら私など全然未熟だったのはまちがいない。けれども、彼も学んだ同じ師匠から私が「破門」されたとき、サポートしてくれたのは先生であった。追悼本文中、彼からの「励ましがなかったら、まちがいなく私は哲学の世界の端につながってはいない」と書いたのは、掛け値なしのところである。

一九八〇年代は、ハイデガー全集がドイツで次々と刊行されていた頃で、私たちは初期フライブルク講師時代のハイデガーの講義録を読み解こうと、大阪大学の待兼山キャンパスにある先生の研究室で連続的に読書会をもっていた。このあたりの講義録は、ちゃんとした文章になっていないところも多く、読むのに大変苦労したし、真意が取れていたかどうか、今もってさだかではないが、私自身としては人生のなかでもっとも楽しい共同研究の記憶である。それは、私が『作ることの哲学』に所収されることになったカンディンスキー論など、脇の道にそれ始めた頃のことで、私のそうした志向に気づいた先生は、「伊藤君、もっと本格的にハイデガーやらなあかんよ」といっていた。結局さらに柳宗悦や岡本太郎に向かうなど、裏切ったかたちになってしまったが、こればかりは性分で許しを請うほかない。

楽しい時間というものは続かないもので、先生は大学運営のスタッフに加わり、読書会の開催はまばらになっていって、いつとはなしに終わってしまった。その頃、先生は三つほどハイデガー関係のドイツ語研究文献翻訳の仕事を請け負っておられ、私も共訳のメンバーに加えていただいていたが、当然これも遅々として進まなかった。大学運営は研究とちがって、先生としてはストレスを溜めるばかりだっただろう。別な大学に移りたいと洩らすのを聞いたことがあるのは、私だけではあるまい。

そんななか、すい臓癌が見つかったのは二〇〇四年の夏。お嬢さんから電話を受けたとき、私は沖縄久米島にいた。今でも夕暮れの海を前にすると、真夏なのにガタガタしながら歯を食いしばり、赤黒い色の沈む夕陽を見つめたことが思い出される。周知のようにすい膵臓癌は発見されにくく、見つかったときにはたいてい手遅れになるところまで進行してしまっているやっかいな癌だ。二人のお嬢さんたちは奥さんとともに必死で治療の可能性を探し求めたが、結局二年後には帰らぬ人となった。

私がしたことといえば、三つの負債となっていた翻訳のうち二つ、ギュンター・フィガール『ハイデガー入門』とオットー・ペゲラー『ハイデガーと解釈学的哲学』を先生に代わってかたちにしたことだけである。この二つは、本来ならば先生の名前の許で出版されるはずのものであった。これに関して生前先生から来た手紙は、今でも大事に取ってある。そこにはお礼とお詫びの言葉が先生特有の端正な文字で綴られているが、なかでも「君に迷惑をかけた、自分は最低の人間だ」という言葉は、字の美しさが示しているように生真面目だった先生があの頃置かれたご自分の状況をどう受け止めていたのか想像してみるに、ことに痛ましく響く。今となっては、私のような者に対してすら自らを卑下する言葉の重みを受け止め、自分をいささかなりとも大きく見せたいという対極の欲望をなお己れのなかに見出して、恥じ入るのみである。

先生は還暦を迎える直前に亡くなったので、私の方がはるかにその歳を超えてしまったことは、なんとも不思議な気がする。亡くなる直前先生が私にいわれたのは、ご家族のことをよろしくということだった。当時私はまだ四十代、非力であった上に、既に立派に成長しておられたお嬢さんたちのためにすることなど何一つなかった。ただただ、奥さんを始め残されたご家族とコンタクトを取り続けただけだ。それは今も続いており、逆にまた奥さんやお嬢さんたちから折々にきちんきちんとご挨拶をいただくのだが、その都度胸のなかに温かいものが湧いてくる。それは、悲しみとは別な感情であり、私はそれによって癒される。あのときの言葉は、私への依頼というよりも、むしろ私に対する優しさであり慰めであったと、今にして思う。

［追記　小著をまとめ始めた二〇二四年一月、右記ギュンター・フィガール氏もまた帰らぬ人となった。氏には溝口先生の縁で私もよくしていただいた。ご冥福を祈りたい。］

*

もう一つの「追悼」は、宮野真生子『出逢いのあわい・九鬼周造における存在倫理学と邂逅の論理』（堀之内出版、二〇一九年）に「あとがき」に代えて寄せたものである。私が「あとがき」に代わるものを書いたということは、著者宮野さん自身が書けなかったことを意味する。彼女はこの書物を完成させることなく、二〇一九年七月二十二日に乳癌の再発に伴う肺炎で亡くなってしまった。彼女との「出逢い」のきっかけは、追悼本文に書いてあるから繰り返さない。ただしこの本のもとになった博士論文を巡る事情については、書いておきたいことがある。

宮野さんにはもともと、哲学への或る種古風ともいうべき憧れがあった。それはたとえば書籍へのフェティッシュな執着にも現われていて、パートナーだった研究者が、購入した本をただちに裁断してPDF化して読んでいたことに、苦々しい思いを抱きながら、自分は立派な本棚を養っていた。PDF化すれば検索ができるから、昔のようにカードにメモしてインデックスを作らなくても済む。今どきの研究者はよくやることらしいが、彼女にとっては許しがたいことのようだった。それは或る意味たわいもないこだわりともいえるが、古風な哲学趣味は、いわゆる「京都学派」への憧れとしても彼女に憑りついており、その雰囲気が残っていた教室を自分の所属先として選ばせた。そちらの方は、私の見るところ、彼女の研究者人生にとって大きな重しとなった。というのも、この教室を支配していた研究スタイルは、よくいえば篤実、悪くいえば、先人の言葉を舐めるように反復するものだったからである。

もちろん教室の運営者のことは知っているし、私の学位論文審査の副査でもあった。彼が審査の試問のとき、西田幾多郎への私のコメントに関して、「それはいいすぎです」といったのは、今でも覚えている。そのときは「そうですか」と応えただけで、あとで出版されたときは知らん顔でそのままにした。ハイデガーが過去の哲学者に施した解釈に関して「いいすぎ」でなかったことなど何一つもない。アナクシマンドロスやヘルダーリンに彼が与えた解釈から「いいすぎ」の部分を取り除いたら何が残るというのだろう。「いいすぎない」哲学解説など、読んでも面白味のない、哲学以前の書き物だ、問題にするなら「いいすぎ」の質であって「いいすぎ」たこと自体ではない——それくらいの思いは当時の私にもあった。

しかしそんなふうに思えたのは、既に私が大学に定職を得ていたからでもあって、まだ大学院生だった宮野さんには、そうした態度を採ることはむずかしかっただろうし、彼女は彼女で、師匠から弟子へと相伝されていく秘儀伝授のスタイルへの憧れをなおもち合わせていた。けれどもその結果彼女は、二度にわたって出した学位論文を突き返され書き直しを要求されることとなり、博士号をもてないという、今どきの研究者が定職を得るには致命的ともいいうる状況が続いた。このことは、彼女個別のことではなく、この教室に属した院生たちに共通の状況でもあったようだが、型を順守するあまりに、型と戯れることができない精神は、私にいわせれば哲学者のものではあっても、哲学者のそれではない。美術評論家と画家や彫刻家のちがいといってもよい。

追悼本文では、はしょったが、「「著名な哲学者」のテキストを弄っているだけでは哲学にならない、裏を返せば、自ら「事柄」を考えていたら、それで十分哲学なのだ」と、彼女がほんとうに思うようになるには、それなりに時間がかかった。彼女に学位を与え上記の煩悶に終止符を打ってくれたのは、当時大阪大学にいた檜垣立哉さんで、それは亡くなるわずか四カ月前のことだった。私も、檜垣さんには感謝の念に堪えない。ただし彼女自身が既にかつての憧れを自ら断ち切っていたことは、追悼本文にも出てくる奥田太郎さんの目の前で、師匠から送られてきた新しい本を開き、フッと笑って閉じたと聞いたことから、私は確信している。

宮野さんのことで感心するのは、友人たちに残したインパクトだ。『出逢いのあわい』という遺著もそうだが、散逸しかけていた彼女の書き物を集めた『言葉に出会う現在』（ナカニシヤ出版、二〇二二年）が出たのには驚いた。これを中心になって編集したのは奥田さんだが、やはり追悼本文に登場する藤田尚志さんたちとともに、毎年彼が彼女の命日にある七月二十二日を軸に催している《マキコミヤの祭り》という連続シンポジウムには、生前宮野さんに関わりのあった人、いや、なかった人まで巻き込まれてくる。「生ける仲達」を走らせた諸葛孔明の趣きである。

宮野さんがかつて鮎釣りに嵌っていたことは、あまり知られていないのではないか。私が下手ながら釣り好きだからだろう、鮎釣りのメッカの一つである静岡・興津川に行ったことを、京都のどこかの酒場のカウンターで話してくれたことがあった。福岡に赴任する直前のことだったような気がする。友釣りと聞いたが、簡単な釣法ではない。宮野さんは小柄だ。友釣りの長い竿をよく操るもんだなと感心した。亡くなって三回忌にあたる《マキコミヤの祭り》のとき、宮野さんのお母さんからも鮎釣りのことを聞いた。釣ってきたアユを和歌山のご実家の冷蔵庫に放り込むと、さっさと京都に帰って行ったそうだ。

友釣りは、亡父の趣味でもあり、家には専用の竿が一ダース以上遺されている。ひそかに金をかけていたらしく、なかには見た目立派なものもある。私は海専門だし、この歳で渓流までやるのは無理だ。宮野さんにもらってもらえればよかったなあ、と、それら竿のほこりを払いながら思ったりする。

＊

## 追悼——あとがきに代えて

おそらくどんな文章でも宛先をもっている。なるほど書籍のかたちをとった小著は、もとより基本的に不特定の読者に向けられてはいるものの、読んでほしいと思う人々の顔が思い浮かばないわけではない。だが『作ることの哲学』と題されたこの論集は、そんな宛先のなかでもっとも届けたい人のもとに、届かないままになった。というのも師とも兄とも敬愛してやまなかった溝口宏平先生が、二〇〇六年六月二十二日、あの世に旅立ってしまったからである。かつて問うことの姿勢もとれないまま、哲学から足を洗おうと思っていた若く非力な私を、先生は当時大阪香里園にあったお住まいに呼んでくれた。そのときの励ましがなかったら、まちがいなく私は哲学の世界の端につながってはいない。

今も私は、身体のなかにぽっかりと空いた空隙を埋めることができないでいる。おそらく私自身が死ぬまで抱えていくそれは、触ることもできないし、本当は語ることさえもできない。私は、巨大な喪失感を前にして、ただぼんやりとその方角へ目をやるしかない。そうして不在は動かせない重たい事実として私にのしかかっているのだが、重要な宛先を失ったこの書物が、死のかたちについての章だけでなく、作るという人間の振る舞いに、作りえないなにものか、いい換えればいかんともしがたいなにものかが触れる出来事に問いを向けたものであることからすると、せめてもの願いは、小著が私のなかの空隙を空隙のままに指し示す一つのかたちとなることであろう。そうなることによってここに語られた言葉が、読者の方々もそれぞれもっているであろう大切な生の痕跡の追憶に導く道標となればとも思うが、それはまず望外の事柄に属している。

忘れがたい大切な記憶は、おそらくほとんど意味もないような、したがって語ったら壊れてしまうようなものではないだろうか。重要性を言葉で説明できるようなものなど、別な言説に移し置かれうるわけだから、本当のところは唯一のもの、かけがえのないものではないのであって、失われたとしても実は惜しいものではないのではなかろうか。

二〇〇四年夏病気が判明して以来、先生は五ヶ月を病院で過ごした。当初二月《ふたつき》ともつまいといわれた先生は、二人のお嬢さんの、急遽しかも同時に挙げられた結婚式で、奥さんいわく「娘たちにひきずられるようにしてヴァージン・ロードを歩いた」後、医療技術の進歩と気力とによって、奇跡ともいえる回復を示し、ご自宅に戻ったのであった。年明けて二月十五日、翌日早朝の搭乗のため、伊丹空港近くに宿を取っていた私は、療養中の先生を訪ねた。投薬の関係でへばっていることも多々あるといいながら、少なくとも目に映る限り、そこには以前と同じ先生が居たのであり、購入されたばかりの自動車のことなど、主として運転する奥さんを交えて話していると、もう病気など消えてしまったのではないのかとさえ錯覚した。三人で少し離れた私鉄の駅まで出て食事したときも、アルコールを口にしないこと以外、以前と変わったところは見当たらなかったのである。

一時間ほどの歓談のあと、私たちは夜の駅前で別れた。しばらく歩いた後、なにげなく振り返ると、ちょうど夫妻は陸橋の上を並んで歩き、ショッピング・モールに入っていくところだった。暗い空の下、ビルの壁を背景に寄り添って歩く二つの影法師は、なんともいえず懐かしく優しい色を帯びており、凍てついた空気をキラキラと震わせるイルミネーションの内に、その色がまぎれて消えていくまで、私は目を離すことができないまま立ちつくした。

ともに歩くこと自体、なんどとなく繰り返されてきた所作であり、この夜のそれもまた、お二人にとって特別なものではなかっただろう。私も奥さんに、今に到るまでこのことについて話したことはない。男と女はともすると、有島武郎が『或る女』で描いたように、それぞれのエゴイズムを蛇のように絡ませ合う光景を見せさえする。人間である限りエゴイズムを離れて生きることはできない。けれどもそうした欲望の発生源たる生命の限界に沿って歩んでいたあのときのお二人には、およそ男女がとりうる、もっとも清澄なかたちが宿っていたと、私は悲しみとは少し異なる感情を交えつつ回顧している。

その後一年あまり、電話ではときおり話しながら、長年居た職場から離れた余裕のなさもあって、採用された治療法によって病状を示すマーカーが正常値に戻ったこと、あるいは初夏の北海道をドライヴしたことなどの報せに喜びつつも、お目にかかろうとするでもなく、私はどこか間の抜けた安堵感に泥《なず》んでいた。しかしながら、今となってはその安易さを悔いるほかない。というのも先生のお元気な姿を見たのは、結局あの影法師が最後となったからである。

二〇〇六年六月十四日、私は大阪大学附属病院に先生を見舞った。ここしばらくご自宅に電話しても不在で、気にしてはいたものの、心の弱さから敢えて連絡をとることに躊躇を覚えていた私は、或る偶然の出来事から、先生の病状の悪化を知らされていた。病室のベッドの上には、駅頭でひそかに見送ったときとは見まちがうほど痩せた身体があった。ご家族に囲まれた先生は、まず握手を求め、おそらく前もって準備していた依頼事を私に告げた。病状を自ら把握していた先生の姿に、私は用意していた言葉を打ち砕かれ、頷くしかなかった。「また会いに来ます」――そんな言葉は、別れを意識した人間の前では、むなしい励ましにすぎなかったのである。「伊藤君、長生きしいや」――最後に再び先生は私の手を握ったが、半身起き上がっていた状態に苦しさを覚えベッドの手すりにつかまろうとして先生の方から離すまで、私は痩せた身体には不釣合いなほど暖かく妙に柔らかな指を感じていた。

病院を出た後、私は大阪湾岸のギャラリーCASOへ向かった。ちょうど友人・岩村伸一の個展が開かれており、なかなか大阪まで出ることのない私にとって、胸につかえる思いがあったとしても、数少ない機会だったからである。久しぶりに見る岩村の作品は、なかば倉庫のようなものであれ、やはり大きなスペースが似合った。貼り接がれ泥を塗り拡げられた大きな紙は、どこか大樹の風情があった。考えてみれば、紙も土も樹と深い縁がある。とくに正面の一枚は、その色合いもあってか、樫の樹の肌を思わせた（口絵12）。もちろん岩村が再現の意思をもっていたなどとは思わない。彼自身もまた、ただ泥を塗り拡げただけだというにちがいない。だがそこには泥や紙を越えたもの、陳腐ないい方だが、より大きな自然の息吹があった。近くへ寄ると、夥しい指の痕跡が、樹の肌のような画面から浮かび上がってきたけれども、それらは人間臭いにもかかわらず、根を張ったように樹肌から離れなかった。それは、指の跡の一つ一つが岩村という一人の人物によって残されたものであるにもかかわらず、彼個人の表象たるところをどこかで放棄してしまったかのように思えた。いってみれば、化石が何万年もの時の流れのなかで個別性を削り落として岩石の一部に納まるように、痕跡もまた岩村個人への所属を振り落とし、人間という自然のかたちへと踏み入っているのではないかと感じたのである。

ＣＡＳＯの外に出ると、梅雨時の大阪の澱んだ空気のなか、昼休みの終わりを告げる近くの小学校のアナウンスが重たく響いてきた。歩き出すとまもなく汗ばんだ。地下鉄の駅に向かいながら、私はありえない空想に捉われていた。岩村のあの作品の指の痕跡の群が人間一般のかたちを結んでいたとしたならば、ついさっき別れのとき触れ合った先生のいささかむくんだ指のそれも、そのなかに混じっていたのではないか、ひょっとして私はそれを見逃していたのではなかったのか——そんなふうに考えてみたら、汗とは別なものが再び目に滲んだ。

何年前になるのだろう、まだお元気だった頃、先生は奥さんとともに、西伊豆の海岸を旅されたことがある。既に改革の嵐のなかの大学で重責を担い多忙を極めていた身体にとって、海辺の出湯《いでゆ》はほんのつかのまの癒しでしかなかったにちがいない。けれども、旅の終わりに駿河湾を挟んで対岸にある私の郷里を訪れた夫妻とともに会食したことを、子供たちは今でもときおり懐かしそうに口にする。幼い頃からいつも先生に気遣ってもらった彼らは、不在がもたらす心の震えを少年なりの感慨の内に包み込めるまでに成長した。私は、彼らにとっても大切なこの記憶の土壌に、不在そのものに潜む復活の密かな可能性を植樹してみたいという、器をはるかに越えた欲望に駆られたりもする。

西伊豆は、あれからでもますます道路が整備され、あざとい名前の観光地が思いもよらず人数を集めるなど、大きく変わったが、東海のこんもりとした森と行き交う雲とが影を落とす海は、なお美しく波打っている。私は海岸を洗う黒潮に少年たちとともに釣糸を垂れ、刻々と変わる海の表情に眺め入りながら、先生の目に映った海がどんな色を帯びていたのかと想像する。安良里《あらり》など一風変わった地名は、はるか南の島々から黒潮に乗って流れてきたという。島人たちはかつて海の果てに、この世を後にした人々が赴く常世《とこよ》を思い描いていた。そこはまた生命を養う五穀がやってきた源でもある。波の上を白く飛び去る海鳥の声を聞きながら、私は残された空虚さが、いずことも知れぬその場所に鎮められることを願う。

二〇〇六年　秋

(『作ることの哲学──科学技術時代のポイエーシス』、世界思想社、二〇〇七年、二〇一－二〇七頁)

＊溝口宏平　一九四六－二〇〇六年　神戸市生　大阪大学教授　主要著書『超越と解釈──現代解釈学の可能性のために』(晃洋書房一九九二年) Heidegger and Asian Thought (University of Hawaii Press 1987) ほか

## 追悼――あとがきに代えて

著者宮野真生子さんの訃報に接したのは、共通の友人・藤田尚志さんにたまたま掛けた電話を通してだ。それに先立つ一月前に電話したときの彼女の声が、いやにかすれていたのを思い出した。その後七月のシンポジウムの関係でLINEに入れたメッセージになかなか既読マークがつかず、いつもは間を置かず返事をくれる彼女のことゆえ、妙な感じがなかったわけではないのだが、それでも衝撃は後を引くほど強かった。夭折は、なんとも痛ましい。宮野さんは、齢六〇を超えた私からすると娘に近い年齢に当たる。二〇〇五年に彼女が沖縄へのゼミ旅行に参加したときの写真を、訃報の直後パソコン内で見つけ、同行していた当時の私の学生たちとほとんど変わらない風貌に、私は来し方を思い起こしながら、暫し見入った。

初めて出会ったのは、おそらく今から十五、六年前、私自身の思考の原点であった哲学者ハイデガーから離れ、日本近代精神史に眼差しを向け換えて研究会を立ち上げた頃のことで、まだ大学院生だった彼女は当初からメンバーに加わった。いわゆる「哲学者」と認知されていない知識人、文学者、芸術家などを取り上げ、ジャンルの区別を積極的に超えて行こうとする志向は、彼女にも気に入ったらしく、以来最期まで私の仲間であり続けた。いつだったか、おかげで少し解放されて「こんなもの」も扱えるようになった、と私に語ったことがあるが、「こんなもの」とは、彼女の最初の著書『なぜ、私たちは恋をして生きるのか――「出会い」と「恋愛」の近代日本精神史』（ナカニシヤ出版、二〇一四年）の登場人物・北村透谷のことだったと記憶している。その後も彼女は、さまざまな方面へと越境を試みていたし、医療人類学の研究者と仲良くなり一緒に仕事をしていると、楽しそうに語っていたのは、この春のことだった。「著名な哲学者」のテキストを弄っているだけでは哲学にならない、裏を返せば、自ら「事柄」を考えていたら、それで十分哲学なのだ――これは、私たちの間では、基本的な前提になっていたと思う。

宮野さんの出発点は、九鬼周造とその哲学的中心問題・偶然性にあり、本書は、すでに歩み始めた道の現在地から、これを振り返り整理したものとなっている。このような整理に彼女が相当苦労していたことは、私も知っている。整理は結局、彼女の場合、前記処女作、あるいは現代人の生き方の問題に直接コミットした編著三部作『シリーズ愛・性・家族の哲学』（ナカニシヤ出版、二〇一六年）に遅れることになったわけだが、そのことは、具体的事象に立ち向かうことを優先させた哲学的衝動の表われであるとともに、生ける現実の論理化に生涯を捧げた九鬼周造の精神の正当な継承でもあるように、私には思える。考えることと生きることに対する、こうした真摯さが、学会賞受賞に留まらず、今の時代には異例なことながら、修士の資格のみで大学での常勤に迎えられるなど、周囲の高い評価につながったのではなかろうか。それでも自分の出発点をまとめたいという気持ちをもち続けた彼女に、縁あって檜垣立哉さんが応えてくれ、本年三月に大阪大学人間科学研究科から博士（人間科学）を授与されるに到った。本書は、そのとき提出審査された博士論文に手を加えるかたちで出来上がった。

出発点を整理したということは、一種のけじめをつけたということでもある。彼女の場合、とりわけそうだったのであり、そういう意味で本書は、彼女のセカンド・ステージの始まりとなるはずだった。次の歩みは、国立台湾大学芸術史研究所での講演「カウンターというつながり――『深夜食堂』から考える」、あるいは論文「食の空間とつながりの変容」（『空間感覚の変容』、京都工芸繊維大学発行、二〇一九年）として、既に踏み出されていたことだし、種《たね》となるものは前記・医療人類学者とのコラボレーション以外にも、一九六〇―

七〇年代精神史など、多数胚胎されていた。そうした彼女の再始動をまぶしく眺めていたところだけに、歩みの途絶は、口惜しいというほかない。

死者について語ることには、いつも不遜さがつきまとう。むろんこの弔辞も例外ではない。思うにそれは、いかにしても語りえないはずの唯一の者の唯一性、本書の語り口を敷衍していえば、「個体性と邂逅」の核たる他者性を、語ることに必然的に属す同一性が均してしまいかねないからだ。たしかに生きている者についても同じことがいえようが、後者が、「語る」という、まさに「同一性」の平面に立つことによって、つまりは虚無の上に組み立てられた「仮小屋」に同居もしくは訪問することによって、なお抗弁の可能性を有しているのに対して、死者は、この「仮小屋」を既に後にしてしまっており、生き残った者たちが唱えるさまざまな語りに、ただ無力なまま晒されるだけだ。生者が、どんなかたちであれ死者を我がものであるかのように扱うことは、一種の凌辱として不潔ですらある。ソフォクレスが《アンティゴネー》で、死者の扱いに人間的配慮が働くことを、王女の口を通して拒んで見せた理由は、おそらくその辺りにある。死者は神々のものである。「神」を口にしたくないならば、人間の力を超えた遥か遠方に属す。古来詩人たちは、この世の地理学もしくは天文学を想像力によって延長して、死者の世界を思い描いた。死者は、ホメロスがオデュッセウスを差し向けた光もあたらないオケアノスの果てに、あるいは宮沢賢治が指差した「鋼青壮麗のそらのむかふ」に住む。

だが、いみじくも詩人たちの言葉が示唆するように、不思議にも語ることは、語りえない事柄をも指し示す。それは語ることの限界の自覚を通してのことである。本書が扱う九鬼の「論理」もまた、そのような緊張を孕んだ言葉だったことは、たとえば「いき」の構成分として、他者の我有化から遠ざかる「意気地」と「諦め」を強調したことからもいえよう。言語のそのような可能性が、宮野さん自身強く意識するところだったことは、いうまでもない。だとすると、こうして私が拙い言葉を連ねたことも、もしもそれが「仮小屋」の「仮小屋」たることを自覚したものだとしたならば、彼女は許してくれたのではなかろうか。

二〇一七年一〇月、宮野さんと彼女の仲間の一人・奥田太郎さんが企画してくれた青森弘前での学会シンポジウムを終えたあと、私は彼ら二人と、八甲田山山中の宿に向かった。既に闇に閉ざされた宿での暫しの酒宴の後、疲れもあって早めに床に就いたが、翌朝私たちは自分たちが目を洗われるような空間に包まれていたことを知ることになる。それは文字通り言葉を失うほど鮮やかな紅葉の宇宙であった。宿を後にして、その空間のなかを三沢に向かった私たちは、しばしば車を止めては写真を撮った。紅葉の美は、人間の眼差しなしにありえないとはいえ、人間が作り出したものではない。さらにまた紅葉が美しい時は、いうまでもなく悲しいくらい短い。そもそも写真などは、体験の留めがたさをなんとか食い止めようとする無力な方策にすぎまい。それでも私たちは、無理を承知で手掛かりを残そうとする。人間の手の彼方にあるものを指し示すには、写真といい言葉といい、やはりまた人間の手に拠るほかないのも事実だからだ。そのときの写真は、今も私の手元にある（口絵13）。そこに宮野さんの姿は残っていないが、それは、今までに見たことのある指折りの光景の残映であると同時に、私にとっては、今は彼方に行ってしまった彼女に思いを馳せる、よすがでもある。

まもなく秋がやって来る。私自身あと何度、紅葉を見ることができるのか、まして八甲田のあの鮮やかな色にもう一度出会えるのかどうか、わからない。けれどもそのような機会に恵まれたなら、きっと私は色彩の向こうに、彼女の痕跡を辿ろうとするにちがいない。

二〇一九年晩夏

(『出逢いのあわい・九鬼周造における存在倫理学と邂逅の論理』、堀之内出版、二〇一九年、三二〇‐三二四頁)

＊宮野真生子　和歌山市生　一九七七年‐二〇一九年　福岡大学准教授　主要著書『なぜ、私たちは恋をして生きるのか』(ナカニシヤ出版、二〇一四年)、『急に具合が悪くなる』(晶文社、二〇一九年)ほか

# 梅ウォッカと「無用庵」

「梅三話」の後日譚になるが、梅ウォッカは思いのほか成功だった。糖分を加えていないから、サラッとしていて、かえって長い余韻が残る。ベースが強い酒だから炭酸水で割るのもいい。採れた実を二時間ほど水につけてアクを抜いたあと、櫛でヘタを取るとともに数カ所穴をあけて漬け込むだけだ。今後もこれで行こうと思う。

「梅三話」の舞台となった拙宅の半分は百年の齢《よわい》を重ね、柱や梁が傾いたり撓んだりして開かない窓や襖《ふすま》が出てきたり、また白蟻の食害の跡も見つかったりした。したがってかなりの修理を要したが、そうやって手をかけても断熱材など入れていないので、真夏真冬ともに、内部空間は外気の温度をそのまま伝えることとなって、今日の環境下、住居としてはほとんど役に立たないものとなっている。『断腸亭日乗』を書き始めた当時永井荷風は、木挽町《こびきちょう》に借りた仮住まいを「無用庵」と名づけていたが、この家屋は宿痾治療の通院の便《べん》のために借りたものだったから、わが陋屋の方がより純粋に「無用」さを誇るといっていい。

役立たずのこの家の広縁《ひろえん》に、キクイムシによって無数の穴が空けられた長火鉢を、自力で修善して据えてみた。初夏の陽が傾くと、おもむろにワイングラスに梅ウォッカを注いで庭を眺め、日中やや しおれていたアジサイが復活しているさまを確認する（口絵14）。しばらくすると酒精に溶け込んでいた梅の香りが解き放たれて拡がり、思いを遠い過去へといざなっていく。幼い日、同じこの広縁で私は、父が捕まえてきた蛍を金網で出来ている虫かごに入れたまま、食事に呼ぶ母の声を無視して日が暮れるのを待ち続けた。

蛍といえば、ずっとのちに詩歌に接近するようになった頃、与謝野晶子の歌のなかで、扱いようによっては壊れてしまいそうなほど繊細で、ひどく美しいものに触れ、かつて深緑《ふかみどり》の金網越しに見た光の記憶の幼さを恥じたが、それもまたやはり庭に開かれた同じ場所においてであった。

うすものの　二尺のたもと　すべりおちて　蛍ながるる　夜風《よかぜ》の青き

誰に教えてもらったのか、とうに忘れてしまったが、まだ若かった私が「美しい」としかいい表わせなかったものは、今にして思えば、本来色のない風を青く染めつけながら、それでいて拒みがたいリアリティーを帯びている言葉の不思議さに起因する。この歌によって立ち現われてくる優美な世界は、なお憧れを呼び起こすが、半透明の布のなかに捉われた蛍が、それを纏う人の飾りとなっているところ、そこを逃れても「流れる」浮遊体になって生命感を希薄化させているあたりには、歌人の手の臭いがかすかながら感じられる。他方金網越しに見つめられていた蛍の方は、なお幼心をドキドキさせる生き物であったことからすると、その光の残像も、さほど捨てたものではなかったのかもしれない……。

そんなふうに考え、自分が過ごしてきた歳月を改めて数えてみたが、ふと目をやると葉陰に潜んでいた闇が既にアジサイの花を侵食していた。蛍を巡る思いの揺曳は、わが「無用庵」に広がる梅ウォッカの香りのそれとシンクロしていた気がした。

二〇二四年六月

「オペラ館楽屋の人々はあるいは無知朴訥。あるいは淫蕩無頼にして世に無用の徒輩なれど、現代社会の表面に立てる人の如く狡猾強欲傲慢ならず。深く交れば真に愛すべきところありき」（永井荷風『断腸亭日乗』一九四四年三月三一日。浅草六区にあったオペラ館は、戦争も押し詰まってきたこの日を以って閉じられる）。

# 古い写真

亡父の趣味だったから、家には膨大な数の写真が未整理のまま溜まっている。彼が婿としてこの家に来たのは一九五〇年のことだが、伊藤家が静岡の中心部からここに引き移ったのは一九三八年なので、母方の写真はさらに過去へ遡る。ほとんどゴミ同然のガラクタの始末も写真の整理も、同じように時間がかかるが、遅々として進まない原因がガラクタの場合、いやいやながらやる点にあるのに対して、古い写真に関しては、つい手が止まって見入ってしまうところにある。

古い写真のもつ魅力に感応することは、どうも私だけではないようだ。友人のデザイナー櫛《くし》勝彦さんもまた、高齢になったお母さんの写真をデジタル化し始めたが、やはり手が止まってしまう、といっている。いくらデザイナーだからといっても、自分の制作のネタ漁りのために整理しているわけではあるまい。彼にいわせれば、この時代の写真には、今現在スマホで刻々と大量生産されている画像とちがい、素人が撮っても土門拳ばりの迫力がある。彼もまた古写真の魔力にアてられているようだ。

今回整理したなかに、父・大石金吾《きんご》の拓殖大学卒業記念アルバムがあった。「専門部商科支那語壱組」と表紙に印字され、最初の数ページが学長や教授陣と思われる人たちのポートレートで占められているそれは、一応公的に作られ配られたものと思われるが、途中からそれぞれが思い思いの写真を自分で貼り付けるかたちになっている。「昭和十六年度」と記入されているから、これが父親の手に落ちて彼なりに編集され始めたのは一九四二年の春。前年十二月に真珠湾攻撃とともに太平洋戦争が始まっている。玄洋社の首魁・頭山満《とうやまみつる》（写真1）と交り二・二六事件にも関わったらしい長兄・茂《しげる》を通して、父はナショナリズムの洗礼を浴び、この潮流に乗り遅れまいと中国語を学んで、卒業後自ら志願し大陸へ渡った。表紙裏に当時の国民歌謡《海行かば》の歌詞を、出所である大伴家持を念頭に置いて万葉仮名で書き込むなど、時代のイデオロギーによる罹患の痕は、アルバムのそこここに残っている。

このアルバムに父の手で貼られた写真には、大陸で撮られたものが九〇余枚含まれていた。誰が撮ったのかは、わからない。私自身とも幾分面差《おもざ》しが似た父親の顔が写ったもの

写真1　頭山満《天壌無窮》（大石恒喜所蔵）

も、数枚含まれているから、彼以外の人物が撮ったものがあるのはまちがいないが、死の直前までカメラを離さなかったことを思うと、父自身も撮影者の一人だったかもしれない。それらの写真を辿っていくと、干された昆布が水を吸収して戻るように、父が生前わずかに残していた言葉が膨らみをもって蘇ってくる。

「支那人になるつもりだった」と彼は、中国語学習および従軍の意図を私に明かしたことがある。「燃ゆる胸に　海原越えて　幾山河　我越し方に　黒雲の沸く」――アルバムには若山牧水にかぶれていた父の、いささか青臭い歌が残されているが、そこには戦意高揚とは少しずれた感情が滲んでいる。そうした或る種無邪気なロマンティシズムが彼自身のなかにあったことは否めないが、実際には「久保田」という名前が冠せられた部隊での「宣撫員」という役割が、彼には与えられていたのであり、遠い異国への憧れと中国語力は、占領地の人々を日本軍による支配に馴致することに、まちがいなく結びつけられていた（写真2）。

彼が滞在していたのは、安徽省亳州《あんきしょうはくしゅう》というところ。写真には「宣撫」された中国人の姿が浮かび上がる。日の丸を手に行列をなす人々（写真3）。バスケットボールに興じる子供たち（写真4）。「建設東亜新秩序」と大書された幕の前に微笑んで佇む中国人の男たち（写真5）。市街の壁を背にしてすくっと立つ初老の男に、父はキャプションで「楊先生」と敬称を附けて、その名前を記している（写真6）。

彼の部隊は秋が来ると、夾溝《さっこう》というところに移動したが、調べてみると徐州の近くらしく、それは父が生前語っていたことと合致している。この移動行軍以来、写真から中国の人々の姿は減り、日本軍の兵士のそれが増えていく。父は、泥を踏み分けて戦いに赴く兵士たちへと手向けた詩を書きつけるとともに、その横にランプの灯を頼りに机に向かってペンを走らせる自分の横顔の写真を貼りつけているが、この頃戦況全体が日本軍にとって悪化するとともに、ひょっとすると父自身の肺結核感染も始まっていたのかもしれない。この病いのせいで一九四三年一月、彼は帰国し、二度と戦地に赴くことはなかった。死の数年前、すなわち九十歳に手が届いた頃、肺に潜んでいた結核菌は、半世紀ぶりに再発して彼を入院させたが、少なくとも戦時中まだ若かった父を、戦死からは救ったのである。

晩年父は、代わって出征した次兄とともに撮った写真を大きく引き延ばして額に入れ、

写真3　日の丸を手に

写真2　腕に「宣撫員」の腕章が見える

写真5　建設東亜新秩序

写真4　バスケットに興ずる子供たち

写真6　楊先生

写真7　弟帰還、兄出征

仏間の長押に掛けていた（写真7）。原版はおそらく、かのアルバムに貼ってあったものである。「弟帰還、兄出征」とキャプションだけが残る、剝がされた写真の跡のサイズを測ってみたら、縦横の比率は額縁のなかのものとほぼ一致した。

　だが、こうして父の戦争参加の過去を辿りながら私は、整理の手が止まるのはなぜなのかと、考える。それは、これらの写真が肉親の歴史を語っているからだけなのだろうか。たしかに若き日の父親の歩みに関心がないわけではないが、古い写真自体の魅力は、それとはちがうのではないか。父の物語は、写真から出発したとはいえ、アルバムに残されたキャプションや詩歌、あるいは写真の前後関係、さらにアルバムとは無関係に私自身が今まで吸収してきた歴史学的知識によって紡ぎ

写真8　亳州の少女たち

出されたもの、いってみれば写真の外部で作り上げられたフィクションにすぎないのであって、古い写真が発する魔術的な力は、それとは別にあるのではなかろうか。こちらが組み立てる物語の外部、意味のつながりを超えてしまうようななにものかが、そこに顔を覗かせているのではあるまいか。

亳州の子供と思われる少女二人のスナップ（写真8）。キャプションも添えられておらず、誰なのかわからないし、父かもしれない撮影者がどんな意図を以ってシャッターを切ったのかも、不明だ。今となっては、そうした過去を手繰り寄せるよすがはない。けれどもここにぼんやり浮かび上がった彼女たちの顔は、私の眼を釘付けにする。それは、服装や髪形から当時の状況を組み直そうとする歴史学的好奇心の故ではなく、ここに人間が生きているという、きわめて単純な事実に魅せられたからだ、といいたくなる。

あるいは別な一枚。川舟が着いたところか、半裸の男が竿と綱で舟を留めているなか、

写真9　流れを渡る

写真10　憲兵

杣木を抱えた老婆が渡された木を伝って岸に上がろうとしている（写真9）。後ろに続く男たちはたしかめるように足元を見つめており、背後には人の群れが蠢いている。いうほどのこともない日常の光景なのだが、ここに名も知らぬ人間たちの生存の跡が残されていることに、心が動くのである。

　そのような生の残像は、残された写真の群のなかから、歴史的な意味合いを超えて、浮かび上がってくる。たとえば憲兵の写真が一枚残っていたが（写真10）、「憲兵」という名称に付着している権力との距離が醸し出す圧迫感を、写真の古さは、いわば払いのけて、人間の顔を浮かびあがらせる。

ワルター・ベンヤミンは、二十世紀の前半、写真や映画の普及によって、伝統的な芸術を支えていた「たった一つしかない」という「本もの性」が失われしていくことに眼差しを向けた哲学者である。今日《モナリザ》という唯一無二の傑作は、写真によってコピーされて世界中の人々に届けられているし、調整自在なレンズによって、ルーブル美術館の人だかりのなかで見るより、自宅のパソコンを通す方が、はるかに精密に鑑賞できる。技術による複製可能性の全面的な展開は、こうして徹底化されて現在まで続くわけで、この哲学者には、まごうことなき先見性がある。

そのベンヤミンだが、彼は古い写真のなかに、複製技術によって駆逐されていくアウラ(＝オーラ)の「最後の働き」を見ている。とくに初期の肖像写真は、アウラという「礼拝的価値」を残存させているとした上で、こう語る――

「遠く離れてくらしている愛する人々や、今は亡い人々への思い出のなかに、写真の礼拝的価値は最後の避難所を見出したのである。古い写真にとらえられている人間の顔のつかのまの表情のなかには、アウラの最後の働きがある。これこそ、あの哀愁にみちたなにものにも代えがたい美しさの実体なのだ」。

そうベンヤミンが書くのは一九三六年のことだが、その五年ほど前に彼は、このあたりのことに関して、少しちがう見解を抱いていたように見える。彼は、十九世紀半ば黎明期の写真に写っている無名の人々の映像を取り挙げながら、こういっている――この人たちが関係者の記憶から消え失せ、もう誰なのか思い起こすことができなくなったとき、かえってそこに「沈黙させられえないなにものか」[注]が顕わになる。それは、かつて生きていたし、今も写真に生々しく存在している人間の像もしくは顔であり、撮影という撮り手側の技術的芸術的所作とは無関係に、あるいはそれを超えて私たちに呼びかけてくる――そんなことを彼は書いているのである。

してみるとこの「沈黙させられえないなにものか」、古い写真のいい知れぬ魅力とは、懐かしく思い出す者たちが消滅したあとになって、ようやく現われ出てくるものであるかぎり、先の引用にいわれているような複製技術が駆逐していくアウラの残滓ではなく、むしろカメラという複製技術の道具立てが初めて浮き立たせるものではないかと思われてくる。つまり見る人が重ねた「懐かしさ」のような主観的なものではなく、むしろ「モノ」

としての凄みが古びた画面から滲み出てきているのではないだろうか。亳州少女たちの眼差しや船から岸に上がろうとする老婆の小さな影、あるいは路上に立つ憲兵の顔が、自分の係累である父親の物語などとは無関係に放っているのもまた、モノとしての存在感、モノ（res）がモノであるという意味でのリアリティとしかいいようのないものではなかろうか。

なるほどベンヤミンの念頭にあった「古い写真」とは、ディヴィッド・オクタヴィウス・ヒルやジュリア・マーガレット・キャメロンといった一九世紀中ごろの写真家たち、つまりルイ・ジャック・マンデ・ダゲールが初めて実用となるカメラ・ダゲレオタイプを発明して間もなくの頃のものである。それに対して私の目の前にある写真群は、一九四〇年にベンヤミンが死んだあと撮られたもので、既にカメラは小型化しフィルムの露光時間も比較にならないくらい短縮され、長い撮影時間の画面への沈殿といった初期の写真のも

注

普及している翻訳は「黙視できないなにものか」となっているが、直訳しておく。こちらが視るのではなく、向こうから語りかけてくるのである。

つアウラの技術的条件が消えてしまっている、とベンヤミンならいうかもしれない。それでも今日のデジタルカメラとちがいこの時代、そして私からしてもついこの前まで、フィルムは高価であり、撮り直しはむずかしかったのであって、瞬間的映像を捉えるということは、たとえ人為であっても偶然性をなお強く孕みえたはずである。もしも「古い写真」の魔力が、撮影という人間の側の所作を超えて立ち現れてくるモノのリアリティ《レース》にあり、複製技術が、人間の所作の産物でありながら、それが加えがちな価値など人間的手垢を冷徹に払いのけていく装置だとしたならば、ポータブル化したカメラが残した像であっても、かのリアリティを帯びることはありうるのではなかろうか。

デジタル媒体の出現によって、写真を保存することも消去することも自由自在になり、かつ写真補正アプリなるものがフリーに出回っている今日、とくにそれを簡便に行なえるスマホは、ダゲレオタイプはもちろん、コダック・ヴェストシリーズやライカといった初期ポータブルカメラの場合まだ残っていたかもしれぬ偶然性を追放し、撮影者の好みの映像の実現に近づいている。さらにそうした像は、撮られた対象から切り離され独立した単位として相互に絡み合わされて独自な空間を生み出すに到っており、画像の3D化まで考えると、かつての複製技術は、別な段階に登っていってしまったというべきかもしれない。

ここに生じてくるものは、現在ヴァーチャル・リアリティ、「仮想現実」とも呼ばれている。ヴァーチャルの語源であるvirtus《ウィルトゥス》は、もともと「男らしさ」、さらには徳や能力を意味していたが、ヴァーチャル・リアリティという この言葉に到って、「仮想」などというよりもむしろ、撮影者の「力」を、そしてその自由を指し示しているといえそうだ。撮影者からすると思いもよらないところをもっていた被写体、そういう意味では偶然(fortuna《フォルトゥーナ》)に抱かれていたそれは、冷酷ささえもちうるこの「力」によって彼方に追い払われてしまって、もはや生まれてきたもののオリジナルと呼ぶことはできない。「オリジナルなものなき複製」は矛盾だろうから、映像技術はもはや複製技術とは呼びがたい。あるのは力の産物としてのリアリティだ。そんな状況から振り返ってみると、古い写真の魅力は、まだ複製に意味があった時代の追憶、あるいは消え去った偶然の女神《フォルトゥーナ》の痕跡といえそうな気もする。もしもそうだとしたら私も櫛勝彦さんも、この女神が残した魔法にかけられてしまっていたのかもしれない。

痕跡を懐かしむのは単純な懐古趣味だけかというと、かならずしもそうではないように思う。ヴァーチャル・リアリティの世界は、いってみれば人間的所作からなる空間であるが、その空間に漂う空気は、人間が吐き出したものであるとしても、人間にとって親和的ではなく、むしろそこに浸っていると、いわば自己中毒にかかってしまいそうな不気味さを帯びている。スマホでの撮影、そしてリタッチに慣れた世代でも、自分たちの過去のイメージの作りもの臭さに自己喪失の思いに捉われることがあるという話を耳にした。そんなこととどこかで関わるのかもしれないが、作り手がすべてをコントロールして出来上がる世界を忌避し、作るかぎり不可避的に発生してしまう人間的手垢をできるだけ縮減していく流れは、科学技術化の徹底という、いわば世界の人間化の一方で、現代の映像制作を含む造形芸術に少なからず見られる。かの亳州の少女たちの顔を前にして、映画監督の是枝裕和がストーリーという人間側の力を抑制しながら撮った画面に残されている生活の細部《ディテール》を思い出しながら、人間の生には大根《おおね》のところで、自らの外部に開かれていること、自分の力の及ばぬ空間に晒されていることが必要ではないかと、私は思ったりするのである。

二〇二三年五月

# やくたいもない話——大石家小史

## 一、叔母の死

九月末になっても一向に暑さがおさまらないところに、訃報が届いた。亡くなったのは、父の末の妹・貞代《さだよ》である。彼女は、一九三一年六月の生まれなので、満にして九十二歳で逝ったことになる。これで父・旧姓大石金吾の兄弟姉妹は、すべて死に絶えたわけで、「次はわれわれの番だね」と、伝えてくれた従兄弟・小川括郎《かつろう》は付け加え、私も頷いた。

父方の親族の集まりに参加するのは、父が亡くなって以来だから七年ぶりのことだ。三年前に貞代より年上の妹であり括郎の母である里江《さとえ》の葬儀があったが、全くの偶然にも、里江と同日ほぼ同時刻に私自身の母・志づが亡くなったため、そちらの葬儀には行けな

写真1　貞代の夫・寺尾茂雄、佐多啓二にしては少しふっくらしており、むしろ往時の池辺良に似ているかもしれない

かった。家が近かったので、小さかった頃私は、叔母・里江にはずいぶん可愛がってもらったものだが、少し離れたところに住んでいた貞代に関しては、せいぜい正月に挨拶に連れていかれる程度で、それほど多くの記憶が残っているわけではない。ただ比較的若く小柄で綺麗な女性という印象があって、葬儀場に飾られた写真に、かつての面影の跡を見出した。貞代の亡夫・寺尾茂雄《しげお》の写真も最後にお棺のなかに入れられたが、見合い写真だったというその画像のなかで、煙草の吸いさしを指に挟んで微笑んでいるのは、大変ハンサムな男だった（写真1）。「佐多啓二に似ていた」と、まわりの親戚はいっていたが、若い頃のアメリカ映画趣味の残り香を佐多に委ねた小津安二郎《彼岸花》、あるいは《秋日和》といった作品の記憶を辿りつつ、それら映画が封切られた頃新婚だったはずの叔母は、茂雄と映画館に行ったのだろうかと考えたりした。

貞代の死の数週間前、父のノートに挟まれたかたちで出てきた二枚の写真があり、そこには子供の頃の貞代も写っていた。一枚目は、貞代たち兄弟姉妹が次男を除いて写っているもので（写真2）、一番前の少女が貞代、背後からその右腕に手を添えているのが里江である。その後同じ写真を括郎が見つけ出したが、その裏面には、里江の手によるメモが残されていた。それによると、この写真は、一九三八年四月に、三人の子供が同時に一年生になったことを記念して撮られた。貞代は伝《てん》馬町《まちょう》小学校一年生、左端に角帽をかぶって立っている金吾は拓殖大学一年生、里江の右隣にいる末の弟・彦雄《ひこお》は、静岡中学一年生である。

写真2　大石満つと子供たち（1938年4月）、後列左から金吾、小川石太郎、茂、中列左から満つ、里江、彦雄、前列左から龍、貞代

子供たちの成長を言

祝ぐ喜ばしい写真ではあるが、小津が《戸田家の兄妹》の始まりに記念撮影のシーンを配して家族離散の到来を予告したように、記念写真は、同時に崩壊の密かな予兆も孕む。金吾の前に立っている小柄な女性満《ま》つは、三か月あとの七月二十二日に亡くなる。金吾たちの母、したがって私の祖母である満つは、腸チフスに罹った貞代の看病をしているうちに、それがうつって死んだ。満つは、いまわの際に「貞代が助かったから、死ねば兵隊でいう名誉の戦死だ」と語り、また里江に「貞代のことを頼む」といい遺したそうである。

一八八六年生まれの満つは、静岡の農村部・麻機《あさばた》の瀬本《せもと》という家から金吾たちの父親・大石銀次《ぎんじ》に嫁いだ。瀬本はもともと興津川沿いの小藩・小島《おじま》藩[注]の下級武士の家だったが、満つの祖父・三左衛門《さんざえもん》の世代で没落したという。そのせいで満つは小さい頃から製糸工場の女工として働いたのち、静岡の街中の呉服商のところへ奉公に出されるなどあって、学校教育を受けていなかったようだ。したがって彼女は字が満足に書けず、女学校の生徒だった娘の里江に教えてもらって東京へ出た息子たちに手紙を送ったと聞いている。満つは気丈であると同時に情にもろく、一九二〇年代不況のなか多数現われた乞食や失業者を家に迎え入れ、彼らの身の上話を聞き、食事や金銭を与えるなどサポートを惜しまなかったので、そうした社会的弱者の訪問が絶えなかったという。私自身瀬本の家には二、三度父親の自転車の後ろに載せられ連れていかれた記憶があるが、訪ねたのはおそらく満つの兄弟の子である。冬になると小高い丘をミカンの実の黄色が点々と彩るこの地域にありがちな農家のイメージが今でも脳裏に残っているが、現在この辺りは、跡継ぎ不足でミカン畑も、またお茶畑も荒れて、竹林がだいぶ繁茂している。

満つは信心深い女性で、不動尊と地蔵尊のお詣りを欠かしたことがなかった。貞代が腸チフスに罹患したのも、満つに連れていかれた身延山詣での際に食べたトコロテンが原因だったらしい。満つの話は大方、長男・茂が書き残したものに依っているが、茂もまた写真後列右端に写っている。金吾の兄である茂は、戦後はもちろん戦前の社会に対しても強い憂いを抱いていた人物で、晩年子や孫らに自分の思想を伝えようとする意志を以って、かなり大部の手記を書き残した。その手記を保管している茂の次男・恒喜《つねき》に、この写真を

注

瀬本の家が麻機にあったのは、小島藩の領地の一つがそこにあったかららしい。小島藩は甲州へ抜ける興津川沿いの街道（現国道五二号線）に、駿府防御の役割を与えられて設置され、徳川家から養子も迎えて明治まで存続した。たまたま拙宅耐震診断にやってきた麻機在住の一級建築士・岡山晋也氏から教えてもらったことである。

送ったところ、貞代を始めとする上記人物を同定しただけでなく、満つの前に居る黒い犬が龍《りゅう》と呼ばれていたことまで教えてくれた。土佐犬とブルドッグのアイノコだった龍は、今日のように綱でつながれておらず、近所で怖がられていたそうだ。物騒な話ではあるが、そういえば犬好きの遺伝子は、まちがいなく金吾に受け継がれていた。

私が幼稚園に入る前、父は当時北海道に住んでいた末弟・彦雄に頼んで、その近所の人から譲り受けた犬を、わざわざ送ってもらって飼うことになった。ワイヤーヘアード・フォックス・テリアという幼児には覚えにくい犬種で、アレクサンダーという立派な名前をもったその犬は、名に恥じず血統書付きだったが、あとから聞いた話では、なんでも死んだ母犬のおなかのなかから取り出されて育てられたという数奇な運命をもっていた。文字通り、剛毛の巻き毛をはやしたアレクサンダーは、母知らずの上に北の国からはるか離れたミカンの花咲く土地にやってきたせいか、あまり愛想がよくなかった（写真3）。それでも父は、毎朝近所にある静岡大学のキャンパスで彼を散歩させており、私もたいてい付き合った。既に移転がほとんど終わり、ガランとした広大な大学の跡地は、私の遊び場でもあったが、かつての龍と同様、リードをつけなくても誰も文句をいう者はおらず、アレクサンダーは雑草だらけの空き地を走り回っていた。そんなとき私たちは彼を呼ぶのに、アレ

写真3　アレクサンダーが生きていた頃

マケドニア大王の名を以ってせず、失礼にも「チビ」と叫んだ。

或る朝アレクサンダーは、文理学部と教育学部の二つのキャンパスを分ける道路に飛び出し、たまたまやってきたパン屋のトラックに撥ねられて死んだ。金吾と私が既に教育学部側に移動していたのに気づいて、彼は一目散に道を渡ろうとしたのだった。運転手はとても気の毒がって、彼のために木の箱をくれ、父はそれにアレクサンダーの遺体を積んで、自転車でどこかへもっていった。

その後も父親は、犬を飼い続けた。二番目の犬も同じ犬種で、名前をアリス・スター・ハゴロモ・ヒルズといったが、はごろも缶詰の関係者からもらったこの雌犬を子供たちは、そんなややこしい名前ではなく、やはり「チビ」と呼んだ。彼女は二、三年で病死した。三番目に柴犬をもらってきたが、おそらく本名はもたず、これまた「チビ」と呼ばれ、やはり病気で長生きしなかった。四番目は、柴犬にスピッツの血が混ざった雑種で、首の周りにモワモワと毛が生えていて、どことなくタヌキに似ていた。彼は家の庭のなかだけだが、龍のスタイルを継承して鎖につながれることなく、自由に振る舞っており、犬小屋よりも縁の下の方が好きだった。ただし顔つきには、どう猛さは微塵もなく、どう見ても凛々しいところなどなかったが、いささかの愛嬌だけはあった。彼は、私が京都に行ったあと死んだ。金吾は、高齢化し散歩もままならなくなったせいか、これが最後の「チビ」となった。

犬を飼うという趣味は、どうも大石家の「遺伝」らしく、従兄弟の括郎もその弟・治郎《じろう》もともに、金吾と同じく、犬を飼うこととなかなか切れないでいる。治郎によると、飼い犬が死ぬたびに寂しくてたまらなくなり、新しい犬を手に入れたくなるのだそうだ。先日彼の自宅を訪《と》うたところ、先代の大きなホワイト・シェパードに代わって小さなスピッツが家の奥の方でキャンキャン鳴いていた。私は、というと、かの趣味はどうも遺伝していないらしい。「遺伝」が途切れたのは、車に撥ねられたあと、しばらくピクピクと振られていた初代チビことアレクサンダーの短い尻尾の残像が消えないせいかもしれない。

ところで恒喜は、写真中もっとも背の高い人物を次男・保《たもつ》と取りちがえていたが、括郎によって、自身の父親・石太郎《いしたろう》と訂正された。したがってこの写真には、一九四七年七月というから九年後に結婚することになる男女が写っていたことになる。括郎がもっている同じ写真の裏には、里江の手で「小川さん」とだけ書き込まれている。「いっしゃん」と呼ばれていた石太郎は当時日本大学の学生で、全国愛国学生連盟副委員長を務めており、右翼民族主義青年として先輩であり、前章「古い写真」でも書いたように玄洋社・頭山満と交流のあった茂のところに出入りしていたらしい。石太郎は、私の母・志づの従兄弟でもあるから、彼女が金吾と結婚したのは、おそらく彼が二人を取りもったせいだろう。もっとも、私は両親から、そういった経緯を聞いたことはない。

恒喜が小川石太郎を保ととり違えたのは、保であれば、三歳で亡くなった三男・博《はく》を除く兄弟姉妹が全員揃ったからであり、その趣旨で彼は写真のコピーを貞代の棺に入れるつもりであったし、「石太郎」と判明したあとでも、結局そのようにした。この写真に写っていない保は、というと、このときは、旧清水市にあった小塩商事の東京支店に勤務先が移動していたのだろう。一九三五年に生まれた保の長女・明子《めいこ》の出生地は、川崎市竹ノ下

写真4　金吾従軍・兄保たちとともに

町となっている。

　金吾は拓殖大学に進学してから、兄・保のところにやっかいになっていた。前章に記した「宣撫隊」としての従軍への出発に際して金吾は、保と保の子供たちとともに記念写真を撮っている（写真4）。金吾の向かって右隣が明子、その隣中央が長男・節《みさお》。右端の保に抱かれているのは、当時四歳のはずの次男・税《みつぐ》にしては少し幼すぎるので、三男の龍男《たつお》かもしれない。この写真を含め「古い写真」で使われた画像群が貼ってあったアルバムには、明子の手によるスケッチが挟まれていた（写真5）。裏の日付によると一九四四

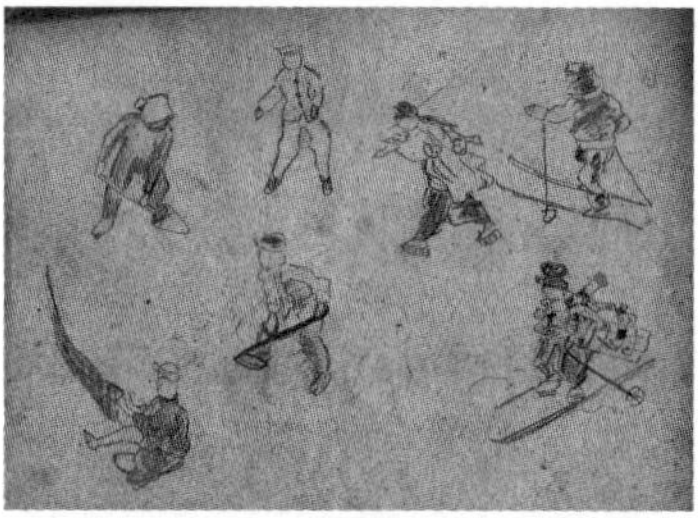

写真5　明子9歳のときのスケッチ

写真6　金吾が大陸に持参した脇差

年、明子九歳のときのものである。彼女は、長じて武蔵野美術大学を経て画家になった。

金吾が左手にもっていた日本刀は、つい先ごろ仏壇の上から風呂敷に包まれて出てきた（写真6）。同時に発見された母方のものと思われる脇差や大刀なども含め、登録されていた形跡がなかったので、警察を呼んで刀身の処分を依頼した。後日鞘や目貫きなどが返されてきたが、金吾の脇差に関しては皮製のカバーのみ残り、現在は薙刀の柄などとともに、拙宅の長押にかかっている。

さて保を除く兄弟姉妹の写真が撮られた場所は、当時銀次を戸主とする大石家があった静岡市誉田町《ほんだまち》、もしくはその近辺であったと思われる。繋がれ慣れない龍を連れて、わざわざ遠くに行って撮影するとは考えにくいからである。のちに伝馬町、日吉町《ひよしちょう》と名前を変え、現在は鷹匠町《たかじょうまち》に組み込まれている誉田町は、もともと華陽院《かよういん》門前町といわれていたところで、現在の静岡駅に近く、駿府城からも離れていない。華陽院は、駿府で今川氏の人質だった徳川家康こと竹千代を、生国・岡崎の母に代わってサポートした祖母ゆかりの寺である。

だが大石の家は、まもなくこの地を離れることになる。一九四〇年一月一五日に、ここから二キロほど西にある新富町《しんとみちょう》から出た火は、一旦は鎮まったと思われたが、冬の強風下再度燃え拡がり、誉田町も含め市の中心部を灰燼に帰せしめたからである。貞代が通っていた伝馬町小学校は完全に焼失し、校庭は復興資材の置き場となった（写真7、8）。大石

写真7 「惨憺たる伝馬町小学校の焼跡」（『静岡大火写真帖』、静岡新報社、1940年より）

写真8 「伝馬町［小学校］校庭に集った復興資材」（『静岡大火写真帖』、静岡新報社、1940年より）

写真9　1942年春・金吾、大陸へ出発

家は、この《静岡大火》のあと、点々と住処を変えていく。

## 二、水の記憶

少女時代の貞代の姿が写っていたもう一枚の写真（写真9）。このときの彼女の年齢は、十一歳と、ほぼ特定できる。というのもこの写真は、前列中央、ぶっちがいの国旗の真下に居る金吾の従軍を記念して撮られたもので、一九四二年春撮影と推測されるからである。貞代は、前列右から二人目。その他この写真で特定できるのは、貞代の右隣にして前列右端の姉・里江、貞代と里江の間で赤ん坊を抱いている長兄・茂、そしてその左隣の五男・彦雄。茂の妻・嘉子《よしこ》は後列左端にいる。後列中央で金吾の右肩の上に顔を覗かせているのが、戸主の銀次。彼は一八八〇年生まれだから六十歳を超えている。祖父・銀次が写っている数少ない写真だが、あとはだれなのか、今はもう、わからない。

この写真が撮られた場所は、もはや静岡市中心の誉田町ではない。従軍に立つのを記念してシャッターが切られたとしたら、自宅前で撮るのが通例だろうから、国旗が掲げられているのは、一九四二年当時、つまり一九四〇年一月の大火によって誉田町から焼け出されたあとの居宅ということになる。茂に抱かれている赤ん坊、長男・雄介《ゆうすけ》は一九四〇年十二月三日に生まれているので、このとき一歳半。戸籍で出生地として届けられているのは「静岡市上足洗四〇番地」。一九四二年十二月三日に生まれることになる長女・つねも同じ住所を出生地としている。「上足洗《かみあしあらい》」という地名は、誉田町とちがい現在も残っている。この時期大石家は、当時の静岡市街地の東はずれだったこの地に建てられた市営住宅に移動していた。

上足洗は、私が生まれ育ったところからさほど遠くなく、高校時代の友人もこの辺りに幾人か住んでいて遊びに行ったが、十二双川《じゅうにそうがわ》という川に沿う道を歩いたり自転車で走ったりして、そちらへ向かったものだ。この川は、住宅地のど真ん中に突如始まり、北東の方向へ流れている。川面を見せているのがわずかで、ほとんどが暗渠化されているこの川の名前は、駿府城の石垣造りのための石材の運搬に使用した船から由来したともいわれているのだが、現在はそんな光景など、全く想像できない小川にすぎない。私が子供の頃は、生活排水が流れ込み、いろんなごみが放り込まれて、お世辞にもきれいな川ではなかったが、今は意外と清らかな水を流しており、所々で水が湧いてさえいる（口絵15）。

静岡という町が存在する平野部は、そもそも安倍川が作った扇状地である。安倍川は、賤機山《しずはたやま》という名の南アルプス末端丘陵によって流れを阻害されながら、この丘陵の南端で広がり、有度山《うどやま》、いわゆる日本平などいくつかの独立した高地の隙間を埋めるようにして平地を形づくった（日本平などの高地も安倍川の堆積物が隆起してできたものらしい）。したがって静岡平野は南方にある現在の河口だけでなく、三保の砂州に囲まれた清水港方面、つまり北東に向けても傾斜している。十二双川は、この扇状地の地下を流れる伏流水が湧き出たものであるから、下水が整備されて生活排水の管理が進めば、清流に戻るのも自然の成り行きなのだろう。

静岡の平野には、十二双川以外にも、安倍川に水源をもつ川がいくつか目立たないかたちで流れている。横内川《よこうちがわ》もその一つだ。この川は、「水落《みずおち》」と呼ばれる駿府城外堀の北東角から、県道六七号線、通称北街道《きたかいどう》と呼ばれている道に沿って流れ、十二双川と同様、巴《ともえ》川《がわ》に合流して、清水港に注ぐ。だがおそらく現在の静岡人のほとんどは、「そんな川など見たことない」というにちがいないし、かくいう私もその一人だが、それは北街道拡張工事に伴い、おおかた暗渠になってしまったからだ（写真10）。だが十歳年上の従兄弟・括郎が子供の頃には水面を見せていたし、さらに昔天保の改革においては、この川を水運に利用するプランまであったという。現在は北街道の道路の真下を流れ、川面を見るには、巴川との合流地点近くまで辿らねばならない。

写真10　暗渠化以前の横内川を示す石碑

上足洗は、この横内川と十二双川に挟まれた地域で、街路を縁どる溝にも清冽な水が流れ、梅花藻が底一面に繁茂していた、と従兄弟の恒喜は記憶を辿る。彼によると銀次たちが住んだ家にも、台所に自噴の井戸があり、スイカや牛乳などを冷やしていた。私の記憶でもあの辺りには、初夏にな

写真11　谷口吉生《豊田市美術館》（撮影・高木彬）

ると蛍が舞い、金吾に連れられて捕まえにいったこともある。今でも庭先の湧き水を水盤に受けている家がいくつかあるし、暗渠化した側溝の各所で水の音がする。恒喜は上足洗のことを、「静岡の郡上八幡」と形容するが、郡上八幡を知らない私は、西南ドイツ・フライブルクの石畳の道の側溝に、澄んだ水が結構なスピードで流れていたのを思い出す。

清らかな水は、空間を生き生きとさせる。自分の作品に水面をとりこむ建築家が少なからずいるのも、その辺りに理由がありそうだ（写真11）。水を万物の始原としたのは、西洋最古の哲学者といわれるタレースだが、彼がそう見たのは、アリストテレスによると、水こそ生命の源だという見解を抱いていたからだという。もっともそうした感覚は、大昔のギリシアだけに限らず、古今東西で共有されているものにちがいない。泉鏡花は『夜叉ヶ池』で圧倒的な水の力を描いたが、クライマックスで村を押し流す大洪水まで到らなくても、茶店の葦簀《よしず》の陰に揺れる清らかな水について、浮かべられたマクワウリやスイカに命を与えるものと語るし、あるいは流れていない古い屋敷の手水《ちょうず》の水すら、美しくもかつ不気味に溢れさせたりする。さらに水は妖艶さを与えもする。花とともに浮かんで流されていくジョン・エヴァレット・ミレイの《オフィーリア》がそうだし、「髪五尺　ときなば水に　やはらかき」と歌った与謝野晶子もその典型だ。

　そんなことを考えていたら、水のある空間が、かつて上足洗だけでなく、扇状地の同じ北東斜面にある私の生家のあたりにも拡がっていたことを思い出した。実際のところ十二双川や横内川と同じく、安倍川から染み出て北東へと別れていく流れは、南アルプスの成れの果てである賎機山のまさに南端に位置する浅間神社の前にしばらく川面を見せている北川を始め、いくつもあった。通っていた小学校の前にも、幅一メートルを超える水路、というより溝《どぶ》川があって、その向こう岸の畑へと子供らは跳躍を試み、なかには不幸にしてランドセルを背負ったまま、この川にハマった者もいたし、私もその一人だった。

一九九九年に地元で発行された地図を辿ると、この川は、北川から分かれて引かれた水路である。生家は、この水路と北川に挟まれた区域にあって、上足洗四〇番地と同様井戸をもち、母親はそこから汲み上げる水を炊事や洗濯に使用していた。子供の時分、風呂場が修繕された折、庭に引っ張り出されて据えられた桶にこの井戸から必死に水を汲んで沸かして入り星を見上げた記憶がある。かつては裏の家との間に細い溝があり、お勝手で使った水が流れ込んで飯粒などが引っかかっていた。それが注ぐ道路わきの側溝には、絶えず水が、やはり北東に向かって流れていたのであり、おそらくそれは小学生の私が落ちた水路に合流していた。その側溝の石積みの壁に小さな巻貝が着くようになることで夏の到来を感じたのは、はるか昔の幼い日のことである。今はその側溝もコンクリートの蓋で覆われ、小学校前の水路も隠されて、川に落ちる「犠牲者」はいなくなった。もうだいぶ前に駐車場に変わっていた向こう岸の畑の上に、コンビニがオープンしたのは、この夏のことだ。水の街のイメージは、上足洗ともども安部川北東扇状地のわが故地においては、もはや過去のものとなっている。

それでも自分の生活圏と安倍川伏流水の関係を知ってから、夜明けの散歩の際、ところどころで、道路の下を流れる水の音が聞こえてくるようになった。明け方は車も少ないから、今までは気にも留めなかったかすかな音が、歩道にはめ込まれた金網の蓋を通して響いてくる。覗くと流れの方向が見えるところもある。マップ上に箇所をマーキングして見えない川の姿を浮かび上がらせようと試みているが、水音はたいがい途中で途切れてしまうから、完成はおぼつかない。それでも埋め隠されてなお、流れが息づいているようでホッとした。

そうして音を拾って歩いていたとき、或る地点でふと足が止まった。そこにはかつて小学校時代の友達の家があって、当時しばしば通り沿いの小川にかけられた小橋を渡って「ナオちゃん、遊ぼ」と声をかけたものだ。彼には年の離れたお兄さんがいて、真空管ラジオを作ったり、アマチュア無線をやったりしていて、その関係の雑誌がたくさんあった。それを二人でこっそり開くと、むずかしい言葉や配線図があったりして、実際には会ったことのないそのお兄さんがとても賢い人に思えた。水木しげるの細い線を重ねた画面に初めて魅せられたのもそこだ。開かなかったが『ガロ』も本棚に並んでいたような気がする。ナオちゃんとは、その後高校まで同じ道を歩んだが、小学校低学年の頃が一番親しかった。おっとりした男の子で、喧嘩など一度もしたことがなかったが、いつしかあまり遊ばなくなった。彼が医者になって働いていると知るのは、ずいぶんのちのことだ。ナオちゃんの家はもうあとかたもない。しかし、そこを流れる水は、生命の源にふさわしく記憶も浮かび上がらせてくれる。

さて静岡大火のあと大石家が転がり込んだ「水の町」の家は、三畳、六畳、八畳の三部屋しかなかった。家長・銀次と銀次の子供である彦雄、里江、貞代、そして長男・茂とその妻・嘉子、彼らの子・雄介とつねがそこに住む。当時大学生で東京の保のところに居候していた金吾は、一九四二年春、先の集団記念写真を撮ったあと大陸に向かったが、結核罹患のため一九四三年初頭には帰国し、これに加わる。彦雄の応召もあったが、いかな大家族制が残っていた当時とはいえ、生活には無理がある。さらに戦争による物資の不足が追い打ちをかけ、上足洗四〇番地の生活は維持できなくなっていく。貞代はまだ十二、三歳の少女である。

## 三、見知らぬ祖父

大石家は終戦後、茂の妻・嘉子の実家がある磐田市向笠《むかさ》西七一九番地に疎開する。銀次を戸長とする大石家の一番最後のメンバーである茂の次男・恒喜の出生地もこの住所となっている。茂は移動の理由として、なによりも食糧難を挙げているが、これは、終戦後日本各地に遍《あまね》く見られた現象で、なんら特別なことではない。大石家の疎開の場合、全員が一遍に移ったわけではなく、当初銀次、里江、貞代は上足洗に残った。私自身磐田の話を、父から聞いたことはないが、金吾も彦雄もそこへ行ったようで、二人は、嘉子の弟・昴《のぼる》とともに、不用になった木材をもらい受け、鳥小屋を改造して住めるようにした、と茂が書き残した手記にはある。

一九四六年春には貞代が一人で磐田にやってくる。「栄養失調で顔色はスキ透る様、ヤセてヒョロヒョロ向笠に辿りついた時の様子は今も目に見える様」だと茂は書いている。銀次もそのあとやってくる。既に里江が小川石太郎と結婚して上足洗で生活し始め、長男・括郎を生んだという事情もあったようだ。だが、農村であれ、総勢九名の糊口を凌ぐことはむずかしい。茂の手記を読む限り、食料は乏しく、彼らは畑に捨てられていたクズのサツマイモを拾って配給の不足を補っている。茂いわく、「磐田時代田原村の××様からフスマを一俵頂いて帰った時の喜びは忘れ得ぬ想出である」。「フスマ」——すなわち現在健康食品となっている小麦の表皮は、当時家畜のエサだったが、それを彼らは米の代用品としたわけである。さらに嘉子の実家に台湾からの引揚者が加わり、銀次一家は磐田に居づらくなっていき、そうした圧力のなかでの出来事だっただろう、茂と嘉子との間に諍《いさか》いも起こるようになって、彼らは一九五〇年、清水市村松八二三番地に移動する。移動先は現在日立町《ひたちちょう》という町名のところで、不二寮という名の引揚者住宅、棟は「桜」と呼ばれていたという。既に銀次は七十歳、茂は四十二歳で戦時中も日本にいた。なぜ大石家が引揚者住宅に入れたのかは、どうもはっきりしない。

大石家の歴史について多くを書き残した伯父・茂は、私が大学で哲学を教えるようになるまで生きており、年に一回は父・金吾とともに彼を訪れていたが、哲学の道に進んだことに関して喜んでくれていたようであり、手記のなかにもそうした感情の痕跡が見て取れる。茂の長男・雄介も、のちに俳句の道に向かったとはいえ、東京大学で印度哲学を学んだ。彼が同大学で助手を務めていた頃私はまだ高校生で、自分の進路について相談しようと、今読めばその青臭さに赤面してしまうであろうような手紙を送ったこともある。もちろん茂のナショナリズム的志向は、一九七〇年代、全共闘運動の残り火がまだくすぶっていた京都大学に身を置いた者としては、そう簡単に相容れるものではなかったけれど、手記が帯びている或る種の透明感は、存命当時会った折感じたものに通じており、今もって敬意を覚える。達筆を以って綴られた手記において、社会の動き以外にも向けられた視線に鋭さを見せる伯父は、社会的栄達とは無縁なかたちで人生を終えたが、そのことを意に介していた節《ふし》は微塵も感じられなかった。そうした清廉さに少年の日に少しでも触れたことで、世に阿《おもね》ることへの恥じらいの感覚を、辛うじて身に着けることができたように私自身は思っている。

このように伯父・茂には、いささかなりと生《なま》の記憶が残っているが、清水の引揚者住宅に移ってきたとき七十歳であった銀次については、まったくなにも覚えていない。それもそのはずで、彼が一九五八年三月十二日、当時清水市松原町にあった清水診療所（同年十月に清水市立病院に改称）で亡くなったとき、私はまだ一歳に満たなかったからである。銀次の四男である父・金吾の死後、彼の古い戸籍を見て、見覚えのないこの祖父のことを初めて意識した。母方の祖父・千吉も一九三三年に死んでいるから、やはり見知らぬ存在なのだが、自宅の仏壇には位牌があったし、小学校六年生まで存命した祖母は私と同居していたから、日露戦争に参戦して銃弾を太腿に受けたということを始め、いくらか話を聞いていたものである。けれども、伊藤家への入り婿であった父自身の父母についての情報は、自然少なかった。

もっとも六つ年上の長姉は、少しだけ銀次の残像を記憶の片隅に保持していて、父の葬儀のとき、それが垣間見られた。その残像とは、父に連れられて訪れた祖父・銀次の家の土間に砂利が敷かれていたこと、そして隅に釣り竿が立てかけられていたという、ただそれだけのことである。姉は一九五一年の生まれだから、銀次が死んだときでもまだ六歳だし、そうした光景を見たとしても、それはもう少し前のことだったかもしれず、したがって本当にそんな土間だったのかどうか、たしかな記憶とはいいがたい。このあと大石の家は、日立町から日本平の丘陵に少し登った辺りに移動するが、姉の記憶はそこでの光景と混同している可能性もないではない。釣り竿に関しては、清水港から遠くない土地柄、ありえない話ではないとはいえ、無趣味だったという銀次のものではないようにも思う。日立町に実際住んでいた恒喜、およびそこをたびたび訪れたことがある括郎に尋ねてみたが、どうもはっきりしない。ただし彼らもまだ小学生だったはずだ。いずれにせよ砂利敷きの土間と釣り竿は、なんとも頼りない記憶であり、「事実」というにはあまりにもあやふやなものなのだが、私にとって、銀次という名前は、どうもこれと結びついて浮かび上がってくるようになってしまっている。

それでも茂の手記を読むことによって、祖父・銀次の姿は、靄のようにおぼろげなイメージを潜り抜けて私のなかにフェード・インしてきた。茂の手記には、彼の肖像をなぞるに二つほど印象的なエピソードが描かれている。

一つは台湾に派兵されたことである。静岡第三十四連隊に入った銀次は、一九〇一、二年頃、台湾駐屯部隊の一員として、当時「生蕃」という差別的な名称を以って呼ばれていた原住民の抗日運動の鎮圧に参加している。彼は、台中付近の戦闘で左肩に銃弾を受けたため、広島陸軍病院に送られ、傷痍軍人となった。一九七九年に編纂された『歩兵第三十四聯隊史』(静岡聯隊史編纂会編、静岡新聞社)に、この頃の台湾での連隊の活動記録は見当たらないが、銀次の背中の貫通銃創の跡は、恒喜や括郎ら、生前の彼を知る孫たちの記憶にも生々しく残っている。手記のなかには、こんな記述もある――「台湾で[の]負傷の際、数人の死傷者中、隣に倒れていた一傷兵の首が目の前でとられて行き、最早これ迄と覚悟しつつ死んだふりをして[い]た時の時間の長く感じられた事[、]及び台湾が果物の宝庫であった事等は度々直接間接聞いた事あり」。

もう一つは北方の樺太での話である。一九二〇年頃というから、ロシア革命後のシベリア出兵に絡んでいたのだろうが、逓信省《ていしん》に勤めていた銀次は、当時国境があった北緯五〇度あたりの密林を縫うようにして電話線を敷設する作業に従事している。原生林の壮観、そしてそこに残されていた熊の足跡に畏怖したこと、帰りに北海道で食べた鮭の刺身が美味だったことを、茂は聞いている。

二つともそれぞれ、当時日本が置かれていた歴史状況を示している話でもあるのだが、銀次がそうした世界の激動を見はるかしていた気配はない。彼はただ経験したことをぽつりぽつりと家族に語っただけにちがいない。茂が見ていた父・銀次は、無口で仕事だけに精を出した人物で、「酒を飲まず煙草も飲まず趣味らしい趣味もなく惟働く丈、怜悧に立ち廻るなどいふ事はな」かったのであり、若き茂が強く揺さぶられた思想などには、理解を示そうとはしなかったからである。子供の頃清水次郎長に会ったことがあると、いっていたらしいが、「銀次」というやくざ映画に出てきそうな名前(実際山下耕作監督《山口組外伝九州侵攻作戦》(東映)で菅原文太が演じた殺し屋は夜桜銀次という名前だった)にもかかわらず、争いごとは嫌いで、持ち家の借家の家賃の回収に行くのもいやがったという銀次は、茂のような青年ナショナリストとは、志向が合わなかったにちがいない。

もともと銀次は、大石平五郎の四男として生まれた。平五郎は戸籍に残っているところでは、天保十一年(一八四〇年)十月一日の生まれである。平五郎の父の名が平右衛門ということまではわかっているが、母の名の記載はなく、この辺りが大石の家系についての私の歴史的知識の限界線である。茂の手記だと、家業を手伝い「肥樽を担いで一人前になった様」だというから、農民のせがれだったのはまちがいなく、小学校には少し通っただけで、読み書きを覚えたのは軍隊時代だったようだ。その後電信工夫として郵便局に勤めたが、そのことが樺太の話につながっている。記憶力はかなり良かったらしく、退職後でも局でわからないことが出ると尋ねに来たそうで、「生き字引」として重宝がられたと、茂は書いている。

今回亡くなった貞代は、銀次にとって一番下の子供だったので、大層かわいがっていたらしい。一九五四年銀次は貞代を伴って函館に行っている。函館には、トラックに撥ねられて死んだアレクサンダーを仲介した彦雄が住んでいたからである。このとき貞代は二十三歳、まもなく「佐多啓二」と結婚する頃であり、さすがに「ヒョロヒョロ」の栄養失調状態は脱していたことだろう。娘の繁乃《しげの》が貞代から聞いたところでは、それまで外に働きに出たこともなかったから、随分と楽しい旅行だったようだ。もっとも函館訪問の直後、洞爺丸海難事故があって、二人は予定していた十和田湖訪問を止めて清水に帰った。五稜郭を訪れたときの写真が一枚残っているが、銀次はその四年後に亡くなる（写真12）。

こうして大石家の歴史を調べていたら、括郎がもう一枚古い写真を送ってきた（写真13）。

写真12　大石銀次・五稜郭にて

写真13　1930年頃の満つとその子供たち

それはこの「やくたいもない話」が出発した満つとその子供たちの写真とよく似た構図のものだが、それよりも少し古い。後列の左端はだれか不明だが、中央が茂、右端が保。満つを挟んで左の女の子が里江、右端が金吾、中央の男の子が彦雄である。貞代はまだ生まれていないのか、ここには居ない。一九二五年生まれの彦雄が四、五歳と推定すると、一九三〇年前後に撮影されたものと思われる。

　これを見ていたら、貞代や龍が写った冒頭の写真とともに、撮影者のことが気になってきた。金吾従軍出発のときの集団記念写真の方は、写真屋を呼んで撮ってもらったものかもしれないが、この二枚は、

写真14　鉄蔵、バットを振る

素人が手持ちのカメラで撮ったものではないかと思われたのである。

　時代はポータブルカメラの代表ライカが登場するより少し前のことだ。そういう意味では、田舎の庶民が、と思われるかもしれないが、以前自宅の仏壇から古い写真のネガが出てきたことがある。被写体は一九〇〇年生まれの母方の伯父・鉄蔵で、野球をしている写真（写真14）まであったから、どうみてもスナップ写真である。撮影時期は伯父の年恰好からして、一九二〇年頃のものだろう。こうした写真を巡る経緯については拙著『《時間》のかたち』（堀之内出版、二〇二〇年）のあとがきで書いたことだが、その際専門家に尋ねたことによって、使用カメラは一九一二年に発

写真15　昔壊れたカメラを玩具にしていた

写真16　大石銀次、1920年頃（？）

売されたコダック・ヴェストシリーズのものと推定できた。その時は記憶だけで書いたことだが、私自身が壊れた蛇腹のカメラを玩具にしていた写真（写真15）もその後出てきた。この写真に写っているカメラが、母方のものか、父方のものかはわからないが、いずれにせよ、当時スナップ写真を撮る基本条件はあったと推定してよさそうに思う。

恒喜が保管していた銀次の若い頃の写真には左のようなもの（写真16）もある。法被を着た労働者として登場する銀次のこの写真などは、どうみても写真屋をわざわざ呼んで撮ったものではない。このときの銀次の年齢を、四十歳と想定したら、一九二〇年の撮影となる。徳川慶喜は父・斉昭の写真への関心を引き継いで晩年自ら静岡の文物を撮影していたが、当地の庶民のなかにも写真への興味が強くあったのかもしれない。

さて話の出発点となった貞代がいる母・満つと兄弟姉妹の写真と、括郎から送られてきた、貞代が未だ居ない写真を、今一度見比べていたら、この二つの写真を撮った人物が、実は祖父の銀次ではなかったのかという思いが、私のなかに浮かんできた。一つの理由としては、二つの写真とも、銀次が写っていないということがある。もちろん茂の手記から浮かび上がってくる銀次のイメージは、少年の頃肥担桶《こえたご》をかつぎ無趣味で酒もたばこも嗜まず、仕事を全うすること以外の志向をもたなかった無口な男であり、当時技術の最先端に位置していた写真撮影とは、大きくかけ離れている。けれども、彼の仕事は電信ケーブルの敷設であり、これも当時の最新技術と結びついていたはずだ。その子・金吾は銀次とちがい多趣味で、死ぬまでカメラをいじっていた。その趣味は多少私にも伝わっている。「カメラマン銀次」はほとんど私の妄想にすぎないが、そう思い描いてみたら、見知らぬ祖父に、少し近づけたような気がしてきた。

## 四、やくたいもない話

叔母・貞代が死んだ二〇二三年は、地球温暖化が深刻なものになり始めたことを実感させる年で、夏の暑さは十一月初旬まで続いた。それでも後半に入ると急に寒くなり、朝晩など暖房が欲しくなってきている。貞代を見送った暑さのなかで筆を起こしたこの稿は未だ完結していない。理由としては、書いているうちに従兄弟たちから情報が次々と入ってきて、思いちがいに気づき訂正したこともある。そのうちの一つである茂の手記は、手書きということもあって読みにくいだけでなく、私の知らない固有名詞がたくさんあり、わかったと思っていた事実であっても、固有名詞で指された人物像が見えてくることによって、色合いを変えてくる場合もあった。

さきに銀次たちの疎開先・磐田に、台湾からの引揚者が加わったことには少し触れたが、茂の妻・嘉子の父にあたる浅井茂逸《もいつ》は、八田與一《はったよいち》をリーダーとする台湾の農地拡大のための土木事業に、中心的な測量技師として参加し、嘉子の母・敏子とも、台湾で結婚したという。嘉子も小学校入学のとき磐田に戻ってきたらしく、戦後引き揚げてきたのは嘉子の母および兄弟姉妹たちだったようである。茂の手記には、銀次と嘉子が台湾のことで話が合ったのではないかとあるが、恒喜からこういった経緯を聞いて、初めて合点がいった。このようなことは、大石という小さな庶民の家の歴史であっても、山ほどあるはずで、わが父の残した写真はもちろん、従兄弟たちが保管しているであろう資料も、未整理なものが多いだろうから、大石家小史を支える事実は、その理解に関して確定などいつのことかわからない。

さらに書かれたことには、私自身の想像がまとわりついている。「事実」といえども、それは、実際の想起において、思い出す者の想像とともに生起するのであり、これを「客観性」のために切り捨てるということがどうにも人為的に感じて嫌だったため、ここでは敢えて夢のようなものまで書き込んだ次第である。したがって小稿は、「大石家小史」と副題を書き添えてあるとしても、「事実の記録」という意味での「歴史」にはほど遠い。

のみならずここに書かれたことは、たとえいわゆる「事実」として確定されたとしても、大石家に関わる人々以外からしたら、なんの興味も惹かないにちがいない。いや彼らにしても、そしてその末端につながるこの私にとっても、それらはなんの役にも立たないことでしかない。大石家の人々に飼われていた犬がどうであろうと、社会の動きになんら関係ないし、今は地中に埋まってしまった川のその後が分かったからといって、得にも損にもならない。大石銀次がカメラを操作できたことが分かったとして、それがなんになるというのだろう。

たしかにここに書き留めてみた「事実」は、つまらない過去の出来事のあぶくのような痕跡でしかない。けれども私は、それらを捨てがたく感じるのであり、であればこそ、関係者の死滅とともに消え失せていくことに抗い、文字として残したくなったのである。

けれども翻って、そもそも「意味がある」とか「役に立つ」とかということはなんなのだろう。たとえば石が、漬物石のように重しとして役に立つとする。でもそうして選ばれた石自体に、重しとなるということは、最初から定められているわけではない。たまたま漬物をつけようと思ったとき「手ごろな大きさと重量をもつもの」として目についたために、漬物桶の蓋の上に鎮座させられたにすぎない。「漬物石になる」というのは、石とは無関係に人間の方で作られ、石に対して与えられた物語である。

過去を形づくる主要な事実である人間の行為はどうだろうか。なるほど行為は、人間の意図に導かれるものだから、一定の目的をもっている。目的なき行為は、ただの運動であって、「行為」の名に値しない。行為の目的はさまざまだし、他の行為と複雑に絡み合っているけれども、つまるところ行為する者自身の生存の維持のためということに帰着するだろう。なぜ働くのかと問うてみれば、結局は生きるためということになるわけだ。だが生き続けるといっても、それが永遠に続くわけでないこともまた、私たちは知っている。行為が行きつく生存という目的が最終的には不可避的に死という無に帰するなら、私たちの行為は、無目的な運動と本質的には変わらなくなるのではあるまいか。

自分の生命の維持を別なものに置き換えても大して事態は変わらない。身近なところで家族のために働くといいかえてみても、そのメンバーもまた、いつまでも生き続けるわけではない。親は普通いけば自分より早く死ぬだろうし、配偶者とは死へ向かって競争しているようなものだ。子供や孫は自分が居なくなったあとも生きていると思うけれども、いつなんどきその生命が断たれるかもしれないし、子孫がずっと続いていく保証などどこにもない。そんなことから目的のありかを、家族よりも持続の可能性が高そうな共同体に求めようとすることも起こるわけで、実際私たちは、そうした置き換えの具体化を国家や民族、さらには人類の目的化に見る。だが、なるほど家族より大きな共同体は、その持続がより長いように見えるけれども、これとて、現実の存在である限り、消滅してしまう可能性は排除できない。今年の夏のような異常気象を経験すると、人類生存の危機も絵空事ではないように思えてくる。してみると目的をどこに設定しようが、確固たる地盤にアンカーを落としたことにはならないのであって、「役に立つ」とか「意味がある」とかいったところで、茫漠たる虚無の彼方に目的を見失ってしまうのだから、本質的には「役に立たない」「無意味」な行為と差異がないということになろう。だとすると行為の連続としての人生など、結局のところ、徒労の集積にすぎないといわざるをえない。

たしかにこうした事態は、人間にとって耐えがたいことだ。だから人は、どうしても目的がほしくなって、共同体を永続的なものに高めてみたり、あるいは現実を超えた神のような存在を新たに想定したりして、大きな物語を産出する。茂や金吾が罹患したナショナリズムもその一つだし、現在の世界でもよく似た物語が戦火のなかで語られ、それを信奉した結果、個人はもちろん、家族や小さなコミュニティーも、その行為や活動だけでなく、当初目的であったはずのそれぞれの持続すら、大きな物語が指し示す超越的存在のための犠牲に供するようになる。けれども私にはこれは、どうあっても生きることの倒錯というふうに思えてならない。

私たちは自らの行為が徒労でしかないことを、なるほど耐え難いとはいえ、受け入れるべきではないか。目的の欠如という事態に立ち続けなければならないことを覚悟すべきではないだろうか。すべてが徒労であるとしたならば、役に立つことのほうが幻想であろう。幻想を以って自らを慰めたり誇ったりするとしたら、それは自己欺瞞以外のなにものでもない。そう考えた上で私は、どうして役に立たないことが耐え難いことなのだろうか、と自問する。事物は役に立たなくてもそこにある。行為もまた最終的には目的としたものが無意味の闇に消えていくとしても、そこにある。支えがなくてもあるとしたら、それはむしろ奇跡のようなことではないか。もしも奇跡のようなものだとしたら、それは言祝ぐべきことであり、いとおしく愛すべきことではないだろうか。つらつらと書き述べてきた大石家を巡るつまらない過去は、たとえ無益無意味なものであったとしても、それらがいとおしいという感覚は、私のなかにある。

カール・マルクスは晩年、ロンドン大英博物館で駅馬車の時刻表など、といったごくごく日常的でトリヴィアルな記録を書き写して時を過ごした――そういう話を、マルクス研究者の平子友長《たいらこともなが》さんから聞いた記憶は、今でも印象深く残っている。マルクスといえば、いうまでもなく唯物史観という途方もなく大きな物語を組み立て、歴史の運動に高い目的を与えた人物である。以来この物語の魔力にあてられ、それが命ずる革命の戦いに身を投じた人たちが幾人あるか、知らない。あるいはこの物語が、発生から一五〇年以上たったた今日も、おそらく原形から遠く離れてさまざまに変形しながら支配力を保っていることも、否定できない。けれども大英博物館のマルクスは、既に唯物史観に立脚した革命という大きな夢を断念していたらしい。断念のなかにあったマルクスは、写した時刻表を透かしてなにを見ていたのだろうか。

森鷗外が『渋江抽斎』を書いたのは一九一六年のことで、マルクスの死から数えて三十年あまりが経っている。この「小説」は、一八〇五年に生まれ一八五八年に死んだ弘前藩侍医・渋江《しぶえ》抽斎《ちゅうさい》とその妻・五百《いお》、ならびに遺された子供たちの人生を描いている。それは東京日日新聞および大阪毎日新聞に一一九回に亘って連載されたが、これを毎日読む人たちが少なからず存在していたことは、時代に関する彼我の差異を感じさせる。というのもそこには、ただ淡々と「事実」が記録されているだけで、今日の読者の興味を惹くとは到底思えないからだ。もっとも同時代に生きていた和辻哲郎は、森鷗外という文壇の大物に敬意を払いつつも、「小さなくだらない物」への文豪の興味に不満を表明しているから、これを面白く読んだ人の数は、当時も存外多くなかったのかもしれない。鷗外自身、この生の記録を「小説」と呼ぶかどうか迷っていたらしいし、大団円や破局などを含む物語を意図的に避けていた節もある。なぜならこの「小説」の半ばほどで、主人公の渋江抽斎は死ぬが、「伝記はその人の死を以って終るを例とする」けれども、自分は抽斎への尊敬ゆえに、彼の係累のその後を書かずには居られない、といって鷗外は、遺された妻と子供たちの歩みを書き続けるからである。しかもその歩みが、成功だとか継承だとかいったものを示すならまだしも、抽斎とおそらく一番似ていた跡継ぎ・成善《しげよし》は、なかなかその意思を貫徹できないし、吉原通いを止められない放蕩息子も出てくる。辿っていくと、この蕩子・優善《やすよし》は、罰があたるとか、回心するとかいったこともないまま、むしろ県の役人に収まったりしているのだから、凡俗な物語的興味など肩すかしに会う。

抽斎の晩年にあたる安政年間は、ペリー来航によって始まったまさに激動の時期、抽斎の専門であった医学に限っていっても、開国に伴い、漢方から蘭方へと切り替えられていく時代である。漢方医で終わった抽斎は、蘭学にも関心をもっていたようだが、鷗外は彼をそうした転換期に立たせようとはしない。

抽斎が死んだ一八五八年から五年後に蘭学の中心人物だった緒方洪庵が亡くなる。その弟子の一人・村田蔵六こと大村益次郎を主人公とした『花神』で司馬遼太郎は、オランダ語を媒介としていた洋学が英語中心へと切り替わっていく位置へと緒方の死を置いて、「かれは自分の歴史的役割が終了したときに死んだ」と書いているが、この位置づけは、鷗外の書き方とは対照的である。司馬自身はたぶん意識していないと思うが、彼の語り口は、大きな物語という点でマルクスの元祖であるヘーゲルの歴史哲学を思わせる。ヘーゲルにとって歴史を展開させる英雄といえども、本当の主役である「理性」が操《あやつ》るマリオネットにすぎず、役割を終えれば、「実のなくなった莢」のように、つまりまさに役立たずとして、凋落していく。もちろん鷗外は英語への主要外国語の転換を知らなかったわけではない。抽斎の嗣子・成善が英語を学んだ上、蘭学から英学への転換の象徴的存在でもある福沢諭吉に私淑して慶應義塾に入ることを、彼は『渋江抽斎』に書き込んでいるからである。だがその記述は、やはり淡白なものに留まっている。先に鷗外の抽斎へ入れ込みを「小さなくだらない物」へのこだわりと評し、過去の事実の価値を文化史という物語の上の位置と等しいとした和辻は、しばらくあとでも、鷗外が取り挙げた抽斎らを「時代の動揺している思潮に働きかけるということをした人たち」ではないとしているが、和辻はこの点、鷗外および『渋江抽斎』に大いなる敬意を表していた永井荷風とちがい、ヘーゲルの徒である。

幕末から維新を経て成立していく近代日本を扱った司馬の小説群には、たしかに個々の登場人物を超えた物語が含まれている。この歴史小説家は「ビルから下を眺め」るような俯瞰的視点を好むとすらいったこともある。私自身、そうした俯瞰的物語が間違っているとか面白くないとかいうことをいいたいわけではない。いやむしろ、『花神』の場合でいえば、革命家のイメージが吉田松陰のような思想家から大村益次郎といった技術者に替わっていく流れを見るだとか、『世に棲む日々』だったか、江戸時代に作られた合議制という無責任体制が維新直後いったん消えたものの、その後再び現われて惨憺たる敗戦に導いたといった歴史観など、興味深いものだと思う。けれども私が司馬に惹かれるところは、彼自身たしかにもっている歴史に統一性を与えようとする配慮よりも、多少の史料的錯誤があるとしても、文献はもちろん縁のある生存者を辿りながら聞き取りを行なって書いていくリアリスト的な側面にある。彼のリアリズムは、「余談ながら」とか「ついでながら」とかいって、主たる語りのラインから外れていくところにも伺われるが、史料の引力に引き寄せられていくそのあたりが、私は嫌いではない。いやむしろ、「おっ、またか！」と、ちょっとワクワクしながら、その先を読んでしまう。その点司馬の描く人物は、いかにも芝居に出てきそうな池波正太郎のヒーローたちとは違う。二人が書いた《人切り半次郎》こと、桐野利秋を比べてみればよい。司馬の半次郎が、事実調査を積み重ねていって描いても描き切れないような暗さを湛え、それゆえにかえってリアリティーをもっているのに対して、池波のそれは絵にかいたような明瞭さとともに作り物臭さを帯びている。私にいわせれば、あの『翔ぶがごとく』のように膨大な筆量を費やして描いた西郷隆盛に関して、司馬が「わからない」と嘆息するように呟くあたりに、この歴史小説家の魅力がある。

こうした点から鷗外を振り返ってみると、若い頃の彼の小説の登場人物は、むしろ池波のものに似ている。『舞姫』などはその口で、主人公・太田豊太郎が雪のベルリンにおいて、帰国・任官を思い描き恋人エリスを発狂させていくくだりなどは、なんとも芝居がかったものにしか見えない。実際のところ鷗外は、自分の分身として造形した豊太郎に、事実とは異なる物語を投影していたようだ。だいぶ前にNHKが鷗外の実際の恋人を探し当てて作った番組を見たことがある。それによると、エリスのモデルとなった女性は、発狂してベルリンに残されるどころか、鷗外自身に招かれて一旦横浜までやってきながら、森家、とくに母親の反対にあってドイツに戻り、しばらくして別な男性と結婚したという。彼女の孫たちが存命していて、日本の文豪と祖母との間の恋の話を聞いてびっくりしているシーンもあったように記憶している。戯曲脚本を多数翻訳し、自らも創作していた鷗外のことだから、『舞姫』のような作品は、彼にとって自然だったかもしれない。それに対して晩年になって書かれていった『渋江抽斎』を始めとする「史伝」といわれているものの方が、年を経た彼自身の或る変化の結果だというべきだろう。鷗外は、『渋江抽斎』執筆直前の頃、そうした変化について、次のように釈明している。

「わたくしは史料を調べて見て、其中に窺われる「自然」を尊重する念を發した。そしてそれを猥に變更するのが厭になった」。

「厭になった」というのは、素朴な発言といえばそのとおりなのだが、そこに現われているのは、物語のなかにもちこまれることによって、事実がその一コマに変換され、事実としてもっていた力を失ってしぼんでしまうことに対する嫌悪感であったように思う。この嫌悪感は、彼が抽斎に抱いているシンパシーもしくはリスペクトの裏返しの感情ともいいうる。そう考えてみたとき、鷗外がいっている史料中の「「自然」を尊重する念」が、私自身感じている「役にも立たない事実のいとおしさ」に重なってくるように思え、身内の物語をくどくどと書き連ねた自分の行為が、少しく正当化されたような気分になる次第である。

余談になるが、と最後に私も司馬の口真似をしておきたい。渋江抽斎の嗣子である成善は、維新後弘前を始め各地を転々と移動するが、明治十九年というから一八八六年に静岡英学校の教頭となり、地元の士族の娘と結婚している。彼は弟の専六とともに英語塾を開設したりして一八九〇年まで静岡に留まる。塾が開設されたのは鷹匠町だから誉田町とは、ほんのわずかしか離れていない。旧誉田町は現在鷹匠町の一部ですらある。大石銀次は当時まだ十歳に満たないが、近くにいたことはまちがいない。こうして銀次は、事実成善の「同時代人《コンタンポラン》」だったのだから、ひょっとすると渋江成善もしくは弟の専六と、静岡鷹匠町の路上で袖を擦り合わせていたかもしれない。こうした想像は、鷗外『渋江抽斎』冒頭の有名なフレーズ、「抽斎がわたくしのコンタンポランであったなら、二人の袖は横丁の溝《どぶ》板《いた》の上で擦れ合ったはずである」をもじった遊びにすぎないし、万一当たっていたとしても、「やくたいもない話」でしかないのはいうまでもない。「やくたいもない」とは、「役にたたない」とか「つまらない」とかいう意味の静岡方言であり、銀次たちにとっては自然な言葉だったはずだ。余談の上の余談である。

二〇二三年十二月

# 静岡大火の写真

静岡大火は、一九四〇年一月十五日、安倍川東岸の新富町から出火して、一旦は近隣を焼いただけで鎮火したと思われたものの、強風にあおられて再度燃え上がり、現在と同じ位置にあった静岡駅を超えて、市街地のほとんどを焼き尽くした。この火事の写真が十五枚、自宅の仏壇の引き出しのなかから出てきた。

見つかった写真は、すべて同じサイズ（120mmx75mm）の感光紙に焼きつけられたもので、市街地が燃えている、あるいは燃えたあとの様子が写っていただけで、当初は太平洋戦争末期の静岡大空襲（一九四五年六月十九日）のものかなと思った。しかしインターネットで調べたところ、静岡大火の画像としてアップされている写真のなかに、全く同じものが二枚見つかった。さらに十五枚のうち十二枚の裏に、鉛筆で簡単なメモが書かれているのに気づいた。多くが「大工町付近」だとか、「寺町三丁目」だとか、撮られた場所を記録し

写真1　静岡大火「安西方面ヨリ生ム」

たものだろうが、なかに「安西方面ヨリ生ム」というものもあった（写真1）。その写真は、黒い煙がもくもくと民家の上を覆っているもので、市街中心部からすると、新富町は「安西《あんざい》方面」に当たるから、火事の出所を示しているものと思われる。ネットの方の写真二枚は、「七間町《しちけんちょう》アーカイブス」というところが管理しているようだが、比べてみると、手元のものと傷などがちがっているので、何枚かプリントされて出回っていたようだ。なお二枚のうち一枚の裏に、「七間町アーカイブス」版にはない「七間町三丁目」という場所指定が書かれていることから想像すると（写真2、3）、手元の写真群は、撮影者本人にかなり近いところから伝わってきた可能性がある。

そこで思い出したのが、私の祖母の弟のことである。私の二人の姉が存命当時の祖母から聞いたところでは、新聞記者をやっていた弟がいて、いち早く自転車を乗り回していたそうである。この弟に

上／写真2 「七間町アーカイブス」にも上げられている写真
下／写真3 もう一枚の方の裏面には「七間町三丁目」と鉛筆によるメモがある（口絵参照）

ついては、拙著『《時間》のかたち』のあとがきで、コダック・ヴェスト・シリーズのポータブルカメラを保有していて、当時二十歳くらいだった私の伯父・伊藤鉄蔵などの写真を撮っていた、と推定し、その内の一枚をそこに載せた。

私はこの人物に会ったことがないし名前もはっきりしなかったので、祖母の家系を辿って戸籍謄本を取り寄せてみた。鉄蔵の母であり私の祖母である寿ずは、一八八〇年十二月四日に父・石田友吉《ともきち》と母・とゑの次女として静岡県志太《しだ》郡岡部宿一九〇番地に生まれた。東海道の宿場町だった岡部《おかべ》は、戦後岡部町となり、二〇〇九年に藤枝市に編入されたので、戸籍は現在藤枝市の管理下にある。友吉は一八五八年（安政五年）十二月十日、とゑは一八六三年（文久三年）七月七日の生まれだから、二人の幼少期はペリー来航以降の動乱の時期に遡る。石田家は徳川慶喜に随いて静岡にやってきて岡部に入植したと聞いてはいるが、慶喜は維新後旧幕臣を意識的に遠ざけていたらしいので、宗家を継いでわずかの間駿河藩藩主となった家達《いえさと》の方だったかもしれない。寿ずは二十歳のとき、私の祖父・伊藤千吉と結婚するため静岡市に出てきた。夫となった千吉の方は慶喜と将棋を打ったことがあると生前祖母は語っていたが、二人の年齢からして可能性はあるものの、真偽のほどは、なんともわからない。

取り寄せた戸籍謄本によると、友吉ととゑとの間には、まず三姉妹が続いて生まれ、そのあとに四人の男子の出生が続いている。なかで撮影者だった弟と思われるのは次男の友《とも》栄《え》だが、それは私の姉たちの記憶のなかにかすかにその名前が音として残っていたからである。新聞記者としての活動には、なんの記録もない。かつて静岡には小さな新聞社がいくつかあり、それらが統合されて静岡新聞社になって現在に到っているというのは、若い頃そこに勤めていた次姉の話であり、友栄が居たというのもそうした小新聞社の一つだったのではないかと思う。「やくたいもない話」に挙げた大火のあとの伝馬町小学校の写真二枚が載っていたのは、『静岡大火写真帖』という冊子だが、それは、大火の年一九四〇年に静岡新報社から出版されている。この静岡新報社は、翌年静岡新聞社に統合されていく六社に数え上げられており、友栄の新聞社がここだったら、話にオチがつくのだが、それを示す証拠は今のところなにもないし、かの『写真帖』のなかに手元の十五枚の写真はいずれも掲載されていない。友栄は大火のとき四十八歳目前。とりあえずいえるのは、現場を撮って歩いていた可能性があるという程度のことだ。

友栄が撮った鉄蔵のスナップ写真の話に戻る。友栄は一八九二年に生まれているから、彼にとって一九〇〇年丁度に生まれた鉄蔵は、甥とはいえ、弟くらいの感じだっただろう。

写真4　鉄蔵（右端）スナップ写真・おそらく1920年前後

鉄蔵が二十歳くらいのとき友栄はまだ三十歳に達しておらず、一九一二年に売り出されたポータブルカメラで弟格の甥の遊ぶ姿を撮っていても不思議ではない。鉄蔵には、「やくたいもない話」で挙げた野球のショットのほかにも、そうしたスナップ写真が何枚も残されている（写真4）。鉄蔵は父・千吉が営んでいた竹屋の跡取りだったが、商売熱心ではなかったようで、商家のボンボンらしく川柳に凝っていて、のちに静岡川柳社を起こす榎《えのき》田《だ》竹林《ちくりん》とも句友だったらしい。ただし彼は「かたちのない死」でも触れたように、火事場で踏んだ釘の怪我から罹患した破傷

写真5　1933年3月撮影の鉄蔵
この4カ月後に死去

風がもとで、一九三三年に死ぬ。死を前にして撮られた写真も残っているが（写真5）、それを撮ったのが叔父・友栄だったとしたら、ファインダー越しに見たやつれた甥の姿に、なにを感じていたのだろうかと、百年近く経った今、想像する次第である。

わずかに伝わる姉たちの記憶の断片によると、インバネスを身にまとうなど、なかなかお洒落だった友栄は、女性関係も地味ではなく、汽車のなかでたまたま出会った女性に声をかけて結婚したという。友栄が「君の名は?」と尋ね、「マサコよ」と女性が答えて意気投合したと、祖母は姉たちに語っていたらしいが、ラジオドラマ《君の名は》（同名のアニメ映画ではもちろんない）が放送されるのは一九五二年のことだから、祖母が戦後聴いたであろうこのドラマとの混同、もしくはそれを基にした粉飾だったにちがいない。ただし

「マサコよ」はまんざら嘘でもなさそうだ。というのも戸籍によると、友栄は一九一八年七月十五日に曽根まさと婚姻届を出しているからである。また「汽車のなかで」というのも、まったくの虚偽とはいいがたい。まさは小笠《おがさ》郡南山村《みなみやまむら》、現在の菊川市の出身であるが、岡部町との間には大井川が流れていて、これを越えるためには東海道本線に乗ることもあっただろうからである。なんでもこの村と東海道本線は、その頃軌道でつながっていたらしいので、低い丘と谷で構成されるこの辺りの空間に広がる茶畑の間を縫って走っていた客車のなかで「君の名は?」「マサコよ」の相聞が交わされたことも、ありえない話ではない。

曽根まさとの間に生まれた長男・友典の出生届は、婚姻から八日後の七月二十三日に受け付けられている。ちなみにまさは友栄の二番目の妻である。先妻・すみとは一九一六年八月二十三日に婚姻し、九月二十五日にひさよという名の女子をもうけたが、この娘は翌年二月十一日に死んだ。死亡届の地名は安部郡入江町（現在静岡市清水区）となっている。ここは、すみの実家があった庵原郡江尻町からすると、清水港に注ぐ巴川を挟んで対岸に当たる。さらに友栄は、長女の死から二ヵ月後の四月二十七日にすみと離婚している。その間の事情については何一つ伝わっていないが、幸福の臭いはしない。

友栄は一九二〇年四月二十二日に分家しているため、その後の消息は私のところではわからない。ただ一九六〇年頃私の祖母のもとに、友栄の息子を名乗る人物が訪ねてきて借金の無心をしたということだけが、居合わせた当時十歳ほどの長姉の記憶に残っている。祖母はすげなくこれを断ったそうだが、この人物が長男の友典であったかどうかまでは、姉は覚えていない。

巻頭口絵に、手元にある静岡大火の写真十五枚を掲載しておく。

二〇二四年二月

# 小林清親と横内川

「最後の浮世絵師」といわれた小林清親《きよちか》は、維新後の東京に「江戸の残響」を索《もと》めた画家として知られているが（図1）、急速に変わっていく首都に現われた新しい光景にも関心を向けていて、現在靖国神社となっている東京招魂社の祭礼時に催され、長らく人気を集めた競馬の風景も、その一つだ（図2）。ちなみに一八八六年にイタリアからやってきたチャリネ曲馬団はここでも興行したらし

図1　小林清親《上野東照宮積雪之図》1879年

図2　小林清親《九段馬かけ》1880頃

いので、当時九段は、同じサーカスが催された外神田秋葉《アキバガ》原《ハラ》や浅草六区と似たような土地柄であったようだ。

二〇一五年静岡市立美術館で催されたこの画家の回顧展の図録を見ていたら、三保や清見潟《きよみがた》をモチーフにした画像が目にとまった。年譜によると清親は江戸で生まれた徳川幕府の下級武士で、鳥羽伏見の戦いにも参加している。だが幕府瓦解後の一八六八年に徳川慶喜か家達に随いて静岡にやってきているから、静岡がらみの絵があっても不思議ではない。回顧展が静岡で催されたのも、その縁故であろう。

図3　小林清親《静岡竜宝山の景景》1880年

図録のなかに《静岡竜宝山の景》と題された錦絵があった（図3）。「竜宝山」というのは明らかに清親の勘違いで、正しくは「竜爪山《りゅうそうざん》」であることは、図録の解説が記しているとおりだし、静岡人なら誰でもわかることだ。私も故郷の山といえば、迷うことなくこの山を挙げる。だが同じ解説が、最前景となっている川を「安倍川」としているのには、違和感を覚える。安倍川餅でその名を知られるこの川は、静岡市街地においては通常無水の広大な河原を両サイドに携えて流れているが、一旦大雨が降れば土手いっぱいに濁流を拡げる、いわば暴れ川で、水車を回しながらさらさらと岸を潤しているイメージは、この川にはないからだ。写真好きの徳川慶喜が撮った安倍川鉄橋の画像が現存しているが、写っている川原の広さは、今日とさほど変わらない（図4）。ちなみに慶喜は一八九七年に東京に戻っている。

図4　徳川慶喜《安倍川鉄橋上り列車進行中之図》

なるほど清親は、実際の風景の再現を追求したわけではないにちがいない。彼が静岡や清水辺りに居たのは二年ほどの短い期間で、その後浜名湖西岸の鷲津に移住しているし、さらに四年後の一八七四年には東京に戻っている。またこの絵が描かれたのは、一八八〇年というから、もっとのちのことだ。いや、なによりも「東京名所図」シリーズを描いた画家にとって重要なのは、特定の場所を彷彿とさせるローカル・イメージだったただろうから、モデルを現実のなかにムキになって探すのは野暮というべきではある。

図5 『上土誌』(静岡市上土町内会上土誌編集委員会)から転載

そのことは承知の上での話だが、水車小屋のある川の像の源泉としては、だだっぴろい河原をもつ安倍川よりも、「やくたいもない話—二　水の記憶」で触れた横内川の方が、ふさわしいと思う。というのも、この川がまだ北街道の下に埋められていなかった頃、「沓谷《くつのや》四丁目」というから、「水源」である駿府城外堀から二キロあまり流れたところに、水車があったからである。地元で編纂された郷土史には、「佐藤さんの水車」としてその挿絵が載っている（図5）。また別な書籍には米つき用に利用され近所では「海野水車」と呼ばれていた、ともある。静岡辺りの読み方では「うんの」と読む。挿絵に残り固有の名前を以って呼ばれていたくらいだから、少なくともこの水車は、ランドマークとして土地の人々の記憶に沈殿していたはずだ。ただしこの水車が、遅くとも一八八〇年には横内川のほとりで回っていたということを示す証拠には、残念ながら、まだ出くわしていない。なお横内川は暗渠化されたが、まだ死んではおらず、上を走る北街道をくぐる地下道に降りていくと、そこここに水漏れがあるとともに、天井から水音が聞こえてくる。当時のジャーナリストだった鶯亭金升《おうていきんしょう》が伝えているところによると、小林清親はひょうきんな人だったらしく、「臍《ほぞ》を噛む」というテーマで絵を頼まれたとき、臍《へそ》を両手で飴のように延ばして口に含んでいる人物の絵を描いてみせて大笑いしたそうだ。今生きていたら清親は、頭上を流れる川をどう描いたのかなと、利用者の少ない地下道に立ち止まって考えていたら、なんだかちょっと楽しい気分になってきた。

二〇二四年九月

# スタンド・バイ・ミー

退職間際、中学校当時の同級生が大学の担当事務を通してコンタクトを求めてきた。今どきインターネットで調べれば、連絡先を知ることなど造作もないのだろうが、少々びっくりした。松永達也君というその人物とよく遊んでいた頃から数えると、もう半世紀近くが経っていたからである。

当時彼は「マッタツ」と呼ばれていたが、それは「松永」が静岡に多い苗字であることに起因している。いうまでもなく「伊藤」もありふれているから、私も「トオル」と、下の名前で呼ばれていた。全国的には多くないが、地元では珍しくない苗字に「望月」がある。望月岳夫君も遊び仲間の一人で、当然「タケオ」だった。私たちの学区は、旧国鉄アパートを始め企業の社宅が多かったから、転勤族の子弟がクラスには必ず何人か居た。もう一人の仲良し芳沢宏明君もその口で、だからというわけでもなかろうが、彼だけは「ヨシザワ」と苗字で呼ばれていた。届いたマッタツからのメールによると、タケオも自分も静岡に居るし、トオルも帰ってくる、現在横浜に住んでいるヨシザワとは連絡がついているから、呼んでみんなで会おう、ということだった。

部活もバラバラな四人が一緒になったのは、中学三年同じクラスのとき。卒業後タケオとヨシザワは同じ高校に進学したが、ヨシザワは転勤族の息子の常で、二年生のとき静岡を離れた。マッタツと私の方は、それぞれまたちがう高校の門をくぐったから、結局近くに居た時間は長いものではなかった。時期は高校入試を控えた頃。普通そこから、人生初めての選抜試験を経て、ステップを一つ一つ踏むことになるのであり、時間は小学校のときのような春夏秋冬の循環のかたちのものとは明らかにちがって、ゴールが設定された前進的なものへと変わっていく。私たち四人も、それぞれちがった道ではあったが、社会へ向かって展開していく過程に乗っていった。

だがスタート直前の私たちは、それとはちがう時間のなかにあって、そこから立ち昇る空気を吐呑《とどん》していた。その時間のことは、ついぞ忘れていたが、マッタツの誘いを受けて、それが記憶の奥底の方に沈殿していることに気づくとともに、私はいささかの戸惑いを覚えた。

無邪気な幼児の頃の思い出なら、化石でも観察するように、遠くから眺めることができるだろう。逆に現在に到る道を歩み始めたあとならば、履歴として整理して説明することも可能。だがこの過去は、まだ生気を失っておらず、それゆえなお統御しがたいものとして私のなかに澱んでいた。できれば見ないで済ましたいところももっているそれは、或る種の恥部とでもいうべきものなのかもしれなかった。だがまたそれは、恥部がそうであるように、一旦気づけば、意識の外に追いやるのがむずかしいものでもあった。こうした時間は、いったいどんなものなのか、しばらく考えてみたが、うまく説明できなかった。かたちのないものなら色で表わしたらどうかと、想像を巡らせた。それは、受験前のことなのに暗さもなく、炎天下のまばゆい明るさもない。透明でもなければ、かといってむせるような濃厚さもない。しばらく思いを凝らしたが、どうもピンとくる色が浮かばないまま諦めた。

五十年の歳月は当然のことながらそれぞれの風貌を大きく変化させていた。私など会ってしばらくの間、マッタツとヨシザワを取りちがえて話していたくらいである。それでも老人たちはまもなく昔の名前で呼び合うようになり、それにつれて記憶の淵の底からポッポッと塊のような像が浮かび上がってきた。

たとえばタケオが語ったのは、みんなでラーメンを食いに行ったことだ。当時中学生が親などの同伴者なしに飲食店に入ることは憚られたが、だからこそそれ自体、一つの冒険にちがいなかった。冒険の舞台は私の家の近所の蕎麦屋で、「大黒屋ラーメン」と名付けられた中華そばは、一杯五〇円と当時でも安く、薄っぺらいナルト巻が浮かんだ代物で、今思えばうまかろうはずがなかったが、少年たちにとってはごちそうだった。

蕎麦屋の向かいには氷菓子《アイス》のボックスを店頭に置いた八百屋があり、酒屋がそれに並び、向かいには少年漫画を並べた床屋があって、私は散髪の順番を待ちながら『あしたのジョー』を読んだ。数軒置いた角には、小中学校に出入りしていた写真屋があった。そこは煙草も置いていて、もう少しあとになって私は、子供時分の自分の姿を撮ったその手から、初めてのハイ・ライトを恐る恐る買った。それらの店は現在軒並みなくなり、洒落た今風の民家や低層賃貸マンションに変わっている。

大黒屋ラーメンは、私にとってもたしかな思い出だが、浮かび上がってきたなかには怪しげなものもあった。私たちの学区には臨済寺という寺がある。ここは今川義元の菩提寺で、徳川家康が今川の人質だった頃ここに幽閉されていたといい、NHK大河ドラマが家康を扱うに及んで観光名所の一つになった。しかし小学校の頃この寺はツーリズムとは無縁で、子供たちにとってほとんど入り放題の遊び場でしかなく、奥の院や山門の屋根裏に忍び込んで家康の遺品らしきものや古ぼけた仏像などを見ても、冒険心を満足させた以外になんの感興も湧かなかった。

呼び起こされた思い出は、この寺の西側に広がる広大な墓地で缶蹴りをしたというものである。なるほど小学生当時は、夕暮れまでそこでこの遊びに興じていたこと、庭帚を振りかざした雲水に追っかけられたことなどは、私自身の記憶にもあるが、缶蹴りは、どうみても小学校高学年頃までの遊びで、中学三年生がやるものとは思えなかった。けれども仲間たちにそういわれてみると不思議なもので、墓石の陰に潜んでオニの足元にある缶を狙っている、大人の図体に近づいた少年たちのイメージが、「かくれんぼ　鬼のままにて老いたれば」という寺山修司の歌のフレーズとともに、フェード・インしてきた。

次々と浮かび上がってくる夢のような記憶のなかで、話題の多くを支配したのは、旧国鉄の各駅に設置されていた「ディスカバー・ジャパン」のスタンプだった(写真1)。当時私たち四人は、たしかにこのスタンプを集めることに熱中していたのであり、実際私以外の三人は、数多くのスタンプが押され、一つ一つにメモが書き込まれた帳面を、「証拠品」として持参してきていた。

写真1　ディスカバー・ジャパンのスタンプ・静岡駅（提供芳沢宏明）

写真2　国鉄が売り出した専用スタンプ帳

ウィキペディアによると、「ディスカバー・ジャパン」とは、一九七〇年大阪万博で拡大した旅行客数を事後も確保すべく、国鉄が「美しい日本と私」というタイトルを添えて企画したキャンペーンであり、当時永六輔《えいろくすけ》が出演していたテレビ番組《遠くへ行きたい》もその一環だったという。ウィキペディアにはスタンプのことも書いてあって、全国の約一四〇〇の駅に設置されていたらしい。そこでは触れられていないが、私を除く三人が持ち寄り私も家のどこにかにしまってあるはずのスタンプ帳も、国鉄自身が編集し販売したもので、今でいうキヨスクだけで売っていた（写真2）。一九七〇年は私たちが中学に入学した年だ。それぞれ三冊目に入っているほど夢中になっていた私たちは、国鉄の乗客数確保の戦略にまんまと嵌っていたわけである。

　その時期の私たち四人を一つにまとめたのは、まちがい

写真3　四尾連湖への道・あとからこんな写真が出てきた

なくスタンプ収集という病いだった。夏休みに部活最後の大会が終わるやいなや、私たちは国鉄のローカル線の各駅停車の電車に乗って、短い停車時間に走り、間に合わない場合は一列車遅らせるなど、必死になってスタンプを集めた。そのうち、二手に分かれて押すことによって倍のスタンプを集めるという「高等戦術」まで編み出した。私は思い出せないが、押しているうちに列車が動き始めてしまい、窓から乗り込むといった映画張りのアクションもあったらしい。

スタンプ狩りは、主として静岡県内のローカル線の駅がターゲットで、今は天竜浜名湖線と呼ばれるようになった二俣《ふたまた》線まで遠征したことなどが、遠州森町あたりの夕暮れの風景とともに記憶に残っている。さらに県内に飽き足らず

写真4　ディスカバー・ジャパンのスタンプ・市川本町駅（提供芳沢宏明）

甲府の南に位置する市川本町まで出かけて行ったこともある。その駅のスタンプにデザイン化された「四尾《しび》連湖《れこ》」という不思議な名前の湖まで行ったはずなのだが、私のなかで湖そのものの記憶はきれいに消えてしまっている（写真3、4）。最長は、高校生になってから出かけた四国一周の旅で、やはりスタンプを集めながら、道後温泉や高知のユースホステルに宿泊し、さらに徳島の木岐《きき》というところにあったヨシザワの親戚の家に泊めてもらった（写真5）。母屋から離れた五右衛門風呂が熱かっただの、当時本州と四国をつないでいた宇高連絡船のなかで食べたうどんが美味かっただの、そんな断片的な記憶像が、次々と出てきた。

肝心のスタンプそのものについての話は不思議にもほとんどしなかったが、当時もそんなに論評していたかどうか疑わしい。大概が地元の名所名物を彫り込んだ似たり寄ったりの代物だったし、印象を述べ合ったとしても、せいぜい四角いのや三角のが稀にあって、これいいんじゃないかといった程度のことだったようで、押したらもうそれで満足だった

写真5　左からタケオ・ヨシザワ・マッタツ——四国のどこかは、今となってはわからない

にちがいない。私たちはたしかに夢中になってはいたが、スタンプそのものは、ほんとうはどうでもよく、それによって四人が一緒にどこかへ行ければよかったのではないか。その「どこか」も、「四尾連湖」の記憶の不在が示しているように、なにか特別な見ものをもっている必要はなかったのであり、結局は普段の生活から離れることだけが、目標といえば目標であった。

好きな映画の一つに《スタンド・バイ・ミー》（監督ロブ・ライナー）がある。これも少年期の最後にさしかかっている四人の男子の物語である。オレゴンの片田舎の村に住む少し不良がかった彼らが、三十キロとも四十キロともされる森のなかの道を野宿しながら歩いて行くのは、少年の一人バーンが自分の兄の話から盗み聞いた轢死体の発見のためだ。木の実を採りに行って行方不明になっている少年の「第一発見者としてテレビに出て有名になる」ということを彼らは口走って興奮するが、実際に死体を見つけたあとは、警察に匿名電話で知らせてヒーローとなるチャンスを自分たちから放棄する。死体を巡る争いでエースら町のチンピラを追い払うため、主人公の少年ゴーディが四十五口径をぶっ放したからなのかもしれないが、そもそも彼らにとっての死体も、それを以ってヒーローになることも、本当の目的ではなかったのではないか、微妙な友情に繋がれた四人が特殊な或る時期一緒に行動すること——それ自体が目的だったのではないかと思う。私たちにとってのスタンプもまた、ゴーディやクリスたちにとっての轢死体と、基本的に同じではなかっただろうか。

スタンプにしろ轢死体にしろ、やくたいもないものに夢中になるのは、ただの一時の気の迷いだし、あとから振り返れば、なんであんなことに入れあげていたのかと、恥ずかしくなる。そういう時間を、先に恥部にたとえてみたのは、おそらくまずは、そういった衒《てら》いのせいだ。役に立たないものを大事だと思い込んでいた馬鹿さ加減の自覚だといい直してもよい。でもそれらが、かりそめの目的であったとしたならば、つまりは一緒に居ることのための、むしろ「手段」であったとしたならば、話はちがってくる。あのとき私たちは、あるいは映画のなかでゴーディら少年たちは、既に一緒に居たのだから目的に達していた。なるほどその後の人生のなかで私たちは、「有意義」だとされる目的を掲げ、あるいはそれを担がされて歩いていくことになるのだが、そのとき私たちは常に、いまだ目的遠しという疎外感とともにあったのではないか。一緒に居ることの充実を現実に味わっていたあの頃は、「恥部」に見えながらも、文字通り「ありがたい」時間だったのではなかったか。そのような充実感があったから、五十年の歳月の経過を経て老人となっても、私たちは集まったのであり、《スタンド・バイ・ミー》の最後で作家となっていたゴーディは、親友クリス頓死のニュースに接し、かの時間に起こった出来事を慈しむように書き留めたのではなかっただろうか。

作家ゴーディは、この友情の日々を二度と戻らない過去と記したが、私たち中学生四人組もまた、次第に疎遠になり、それぞれの道を歩んだ。私はその後葛藤や軋轢、場合によっては争いを伴うさまざまな人間関係のなかに入っていくことになったし、似たようなことはマッタツにしろタケオにしろ、ヨシザワにしろ、起こったにちがいない。私たちが通常結ぶ人間関係は、特定の目的に向かって組織化されており、目的は未だ果たされない課題として遠い将来に置かれている。中学校卒業とともに私たちが入っていった受験から始まる道では、たとえ合格しても次のステップが未済のものとして私たちを待っていたし、大学を卒業して就職しても構造は同じで、現在はあくまで来るべき将来のための手段だった。私たちが歩んできた道は、後続の世代においても基本的に変わっていないし、さらにもっと下の年齢から始まって、子供たちをそれぞれの時間の手段化へと駆り立てている。「時は金なり」——いつかは今の努力が報われるのであって、スタンプ押しや轢死体探しに「現在《うつつ》」を抜かしていてはならない……。けれどもその「いつか」は永遠に来ないのだ。定年を迎え現在を手段化有用化する目的が見失われ、あるいは弱って役立たずとなって、なにかの手段ではなくなった現在に放り出された私たち四人は、ひょっとすると実は疎外からの脱出口に立っていて、そのために、遠い過去の充実の記憶に反応して集まったのかもしれない。

私たちが中学生の頃、つまり一九七〇年代前半は、管理のシステムがなお緩く、学校も私たちの行動にさして干渉しなかった。私はまったく覚えておらず、そんなことをしたのかといぶかしく思いさえするのだが、修学旅行出発の当日、四人組は未明に私の家に集まったあと、当時水がなかった駿府城の外堀の底を歩き、静岡病院のところで石垣を這い上がってから、集合場所の静岡駅に向かったという。説明する必要もないほど無駄で荒唐無稽なこの行為に、今となってはあきれるほかないのだが、特段とがめられた記憶もない。

考えてみると、時代は大阪万博に行きつく高度経済成長の裏側で、同時に高等教育という労働者育成のための管理のあり方への抵抗に端を発した大学紛争の嵐が過ぎ去らんとしていた頃のことであった。私たちがスタンプ集めに熱中した年は、年明けに連合赤軍あさま山荘事件があった年である。周知のようにこの事件を境に、リーダー森恒夫・永田洋子が中心となった山岳ベース殺人事件の内幕が暴かれるにつれて、急速に日本の左翼運動は退潮していき、大学を始めとする教育機関は、学生・生徒、そして教員の管理強化へと走っていくことになった。

もっともそうした政治的騒乱は、田舎の中学生にはほとんど無縁だった。私の記憶には、クレーンに吊り下げられ占拠された山荘の壁に繰り返しぶち当てられる巨大な鉄球のテレビ映像が残っているだけだ。私たちのなかにあった管理されることへの抵抗意識は、政治的イデオロギーによる感染の結果もなしとはしないが、こと私の場合に限っていえば、文学的な無頼への憧れがベースにあって、萩原朔太郎の「波宜亭」や中原中也の「冬の長門峡」といった詩をそらんじたのはその頃のことだった。おそらくそんなところを見透かしていたのだろう、『ランボー詩集』やレイモン・ラディゲ『肉体の悪魔』を頼みもしないのに貸してくれた数学教師も居た。初めて読んだ歌人であった石川啄木は、その短歌もさることながら、破滅に向かっていく人生によってそれまで感じたことのない興奮を少年に与えたが、彼が大逆事件に呼応して書いた「社会閉塞の現状」を読むのは、ずっとのちのことであった。あるいは同郷の作家・井上靖の『夏草冬濤』に出てくる少年たちは、私にとって青春というものがもつ放埒さを具体化したアイドルだった。なるほど井上のエッセイ「青春放浪」によると、そのうち何人かは、おそらく一九二〇年代の思潮に乗ったのであろう、左傾していったというが、少なくとも私の場合、社会主義や共産主義の考え方に関心をもつようになるには、もう少し時間を要した。

*

「スタンド・バイ・ミー」は日本語に訳せば、「そばに居て！」ということになるだろう。「離れないで！」も、いいかもしれないと思ったりする。いずれにせよそれは「ともにあろう」とか「一緒に生きよう」とかいうのとは、ちょっとちがうな――そんなふうに考えていたら、私より七つ歳上の先輩で、今は故郷の浅草に戻っている哲学者・池上哲司さんの顔が思い浮かんだ。というのも長らく大谷大学で教えていた池上さんが退職に際して出した本『傍らにあること』のタイトルが、訳語にちょうどいいんじゃないかと思ったからだ。

「ともにあること」、まして「共生」とかは、共通の意志をもって事にあたるとかいったことになりかねない。要するに一緒に居ることが、共通ななにものか、とくに目的だとか、はたまた伝統だとかによってつながっているという自覚と癒着しやすいように思える。そうした自覚は、なるほど一緒に居る空間に比較的はっきりしたかたちを与え、参加者に役割を付与し活性化するだろう。ただしそれは、「共通性」をもたない者たちを見つけ出すというかたちで、排除への意志にもたやすく転化する。それに対して「傍らにあること」は、ただそばに居るだけだ。だが、この「だけ」という限定が、相手の近くに居たい、一体化したいと願いながらも、相手との乗り越えられない距離感のゆえに果たされないもどかしさにもつながっていて、「スタンド・バイ・ミー」という言葉のトーンにふさわしいように思えたのである。

出版されたときもらったその本を探し出して開いてみると、当時読んで線が引かれた文章以外にも、共鳴するところがいくつもあった。池上さんも、なるほど「ともにある」という言葉を使ってはいるが、最終章が「傍らにあること」と題されているから、考えているうちにこの言葉に到ったのだろう。――母が「乳児の傍らに在ってつねに見守り続ける」、「父親の背中から父親の存在をじんわり感ずる」、あるいは「恋人と黙って二人でベンチに座り長時間を過ごす」――こうした例を挙げながら、池上さんは「傍らに在ることが重要である」という。例はいずれも、言葉によるコミュニケーション以前、もしくはそれを欠いた関係だ。池上さんが、京都で勤めながら、脳梗塞で倒れた実家のお母さんの介護を奥さんとともに長年続けていたことは直接聞いて知っている。お母さんは発作とともに話すことができなくなったということも聞いた。見つめ合って語り合いたくても不可能だったわけだ。終章に、京都から新幹線で帰ってきて顔に笑みが浮かんだらうれしいが、顔を背けられるとがっかりする、とある。百歳まで生きた私の母親は、最期までしゃべることができたが、出てきた言葉は、私に対する怨嗟がほとんどで、ようやく入れてもらった施設から帰ることだけを訴えるさまは、さながら「帰せ、戻せ」と叫んだ鬼界ヶ島の俊寛だった。そのことをこの前会ったとき池上さんに話したら、彼のお母さんも「自分の状態に満足していたはずはないんだから、しゃべれてたら同じだったかもしれないね」と呟くようにいった。言葉にすることは、省み合理化し説明することにつながり、そのことによって人間関係のもともとの底面を覆い隠してしまうことがあるのかもしれない。かつて私は「俊寛」となった母親から、ともすると自分を遠ざけようとした。語られた言葉を潜り抜けて、底まで測針を下ろすべきだったのに、それができなかった――そう考えてみたら「傍らにあること」という言葉には、会話以前の、そして会話もそこに根を下ろしている人間関係の素地が露出しているように思えてきた。

池上さんとは、私が二〇代後半だった時分からの付き合いである。それは大学院出たての頃大谷大学で非常勤講師をさせてもらったことが機縁なのだが、当時の付き合いが変わらず残っているのは、ほかには本当に数少ない。親しいと思っていた「友人」関係も、ふとした切っ掛けから消えてなくなってしまった。池上さんが完全に京都を引き払って帰ったあとも、私は東京へ行く機会があると、用がなくても空いているかどうか都合を尋ねる。今どき携帯電話をもっていない池上さんと、雑踏の神田や浅草で待ち合わせるのは、ヒヤヒヤものだが、それでもなんとか会って、若い頃彼が通っていた喫茶店で、まさにとりとめのない話をして時間をつぶす。とくに用がないだけに話は終わらない。どちらかの別な用事が終わりと別れをもたらすしかない。話の最中に当時まだ生きていた私の父親の発作の知らせが届いたことがあったが、それによる途絶は、例外的だったからよく覚えている。スタンプ集めも死体探しも非生産的な行為だ。私たちはただ一緒に居ただけだ。ゴーディやクリスも一緒に歩いただけだ。とりとめのない話も役立たずの所業でしかない。ただ傍らにあるだけ。それが指し示しているものは、友人関係だけでなく、同性異性を問わず恋人同士、あるいは婚姻や家族を含む人間関係のベースだと思うが、それはそもそも目立たないもので、たやすく「共同性」が織りなす構造物によって覆われてしまう。でもそうして前面に出てきて人間関係を支配する目的や役割は、私たちを安心へと導かない。

I won't be afraid, just as long as you stand by me.

君が傍らに居てくれるだけで、僕は安心なんだ——映画のテーマ曲となったベン・E・キングの歌の歌詞の just を強く読んでみたくなった。

ただ傍らにいることだけがもたらす、あるいはそこに現われる安心感。池上さんが「遊び」について語っているところも、それに絡んで面白い。彼は、子供が波打ち際で砂の城を作っている遊びに例を採っていう——子供は砂を集め固めて城を作るが、打ち寄せる波がそれを崩してしまう。けれども彼らは城を修復することに熱中し、波はまたまたこれを洗い流す。この反復は、夕暮れが迫るまで続く。池上さんは、この例を以って遊びの特徴を能動性と受動性の絡み合いとして考える。

「子供たちの行為は、砂の城を造るという能動性をもちながら、同時にその能動性を超える何か、ここでは波の暴力性あるいは自然の圧倒的な力と戯れている。遊びは真剣でありながら、押しつけがましさがない。というのは、行為の能動性が制限され、最終的にはその能動性は無へと回収されているからである」。

子供が砂をもって造形することは能動的だが、波という自然に身を任せているという意味では受動的だ。遊びが楽しく解放感をもたらすのは、主体の力が思う存分発揮されるからではない。むしろ相手が自分とは異なるものとして存在し、自分の思い通りにならないからこそ、人は遊びに夢中になる。子供にとって波がコントロールできないものだから、彼らは城造りに飽きない。スポーツが興奮を煽るのも相手があってのことだ。それもどっちに転ぶかわからないあたりがいいところで、完全に凌駕できるとか、逆に歯が立たないとかなると、ゲームはゲームにならない。能動と受動のイーブンなバランスに遊びは成り立つ。そこでは、相手の力が及ぶ同じ土俵に自分もまた立っている、したがって互いに相手を認め合っているわけで、簡単にいってしまえば信頼関係が既に出来上がっている。この信頼関係が遊びの絶対条件だ。

人はたとえ信頼がなくても、あるいは信頼感が薄くても、目的を意識することで共同作業を行なうことはできる。だが互いに信頼している仲間でなければ、絶対に遊ぶことはできない。表立っては信頼しているように付き合いながらも、飲みにはいかない仕事「仲間」といえば、だれでも近くにいるのではないか。遊ぶことができる仲間の信頼関係は深い。もちろん「明日の仕事のための休息」として「手段化」されてしまった「遊び」もあろう。夜の街を舞台に「遊び」を演じ仕事のための信頼関係を偽装することもあるだろう。でも偽装された「遊び」によってだますことが可能なのも、遊びが本質的に信頼関係を前提にしていればこそだ。この関係はもとから目立たないもので、私たちはそれを意識する前に既に、そのなかに住んでしまっている。そもそも「倫理」とは、委員会で取り決めるような「規則」などではけっしてなく、この空間を満たしている気体が奏でるリズムのようなもので、私たちはそれにしたがって生を演ずる。

ただし「偽装」が可能であることからわかるように、私たちが住むこの信頼の空間を確認することは容易ではない。池上さんに用もないのに会いに行く私の方は、遊び相手として信頼関係にあると思ってはいるが、池上さんの方がどうなのかは、たしかめようがない。彼は、人がいいのか悪いのかは措くとして、合わせているだけなのかもしれない。そうした確認のむずかしさはどんな人間関係においてもいえるわけで、恋愛関係に典型的に生じる不安も、その一種だ。夏目漱石は『明暗』で、主人公・津田に恋人・清子の「心変わり」を嘆かせたが、「心が変わる」ところなど本当は見えやしない。そもそも「心」は互いに見ることができない。つまり「心」とは、本当には互いに通じ合えない、寂しいものなのだ。人間の相互関係は本質的に断絶を孕んでいるのであり、寂しさの色合いを帯びていない関係など、この世にはない。

私たちは寂しさとともに生き、信頼の素地の存在を夢想しながら、そこに身を投じていくほかない。そうした冒険への圧力は、人間にとっての宿命のようなものであって、だれでもそうした企てを行ない、漱石でいえば『心』のKや先生のように、ときとしてその結果傷つく。しかしながら、だからといって冒険しない者は、かの信頼の空間に住むことはできないだろう。信頼が冒険の賜物であることは、映画《スタンド・バイ・ミー》にも伺える。

*

私にはもう一つ別な、スタンド・バイ・ミーがある。相手の岩本教孝君とは、ちょうど中学生四人組の関係がばらけていった頃親しくなった。彼は私のことを「テッちゃん」と呼ぶ。これは高校当時のラグビー部顧問だった桑原士郎先生が自分の弟の名前を呼びたくないからお前を「テツ」と呼ぶと宣言したことに基づく、高校同級生の間の倣いである。岩本君はサッカー部のエースストライカーで、甲子園を目指す野球部の放つ打球が弾丸のように飛んでくる同じグランドの上、当時砂埃にまみれて、「傍ら」に居た。

高校卒業後、岩本君は仙台で大学生活を送り、東京に出て就職、結婚後しばらくして奥さんの実家がある大宮から通うようになり、退職してもその地にある。したがって大学時代以来基本的に京都に居た私と、地理的に重なることはなかったが、機会があるごとに会ってきた。ことにここ数年、岩本君が退職し私もコロナ感染拡大の関係で京都から遠ざかるようになったこともあって、西伊豆戸田で一緒に釣りをするようになっている。

ほぼ月一回のペースで、私たちは未明に落ち合う。私の場合せいぜい九〇キロそこそこ二時間の道のりだが、彼は大宮を深夜に出て倍以上の距離を走り、かならず私より早く待ち合わせ場所の「道の駅」に着いて、駐車場で冷凍コマセを溶かしている。秋ならば満天の星を見上げ、春ならば海上に聳える富士山の雪が朝日に輝くのをおがんでから、袋状の湾にボートを漕ぎ出す。いうまでもなく私たちの釣りは、ただの遊びだ。目当ての魚がたくさん釣れれば嬉しいが、ボウズであっても諦めは早く、切り替えて次回の釣果に期待する。スポットやタナ、仕掛けの具合などの情報の交換はするが、それ自体が戯れであり、うまくいかなくても苦笑し合う。ただ一緒に釣り糸を垂れていれば、それでよい。

私たちはたいてい昼頃上がり、西海岸をさらに南下して、夜は管理人が居なくなる温泉宿まで走り、釣れた魚があればさばいて、酒を飲みながらしゃべる。基本的に無駄な話ばかりだから目的《エンド》はなく、したがって話はエンドレスで、尽きることがない。それでも夜中から動いてきているから、話をしているうちに眠りに落ちてしまう。翌朝朝飯を済ますと、岩本君は再び遠い道を帰っていく。私たちが飽きることもなく繰り返している釣行は、波と戯れつつなされる砂の城造りが夕暮れとともに終わるように、やはりまたやくたいもないものとして「無に回収」されていく。それでも、いやそれだからこそ私たちは傍らにある――人間関係のもつ本質的な寂しさに抗して、私は敢えてそういいたい。

二人とも同い年だから、いつまでも釣りができるわけではなく、いつなんどき、どちらかになにかが起こって二度と相まみえることがなくなるか、わからない。信頼の寂しい空間には、さらに儚さの色合いも混じる。中学生四人組のそれも、池上さんとのそれも、あるいはここで名を挙げていない人々とのそれも、いつかは消え去る。「追悼」をそれぞれに手向けた溝口宏平先生も宮野真生子さんも、私との信頼の住処から離れ、手の届かないところに逝ってしまった。そう思うと相互確認の不可能性の場合とはまたちがった寂しさ、もしくは悲しさが湧く。だがそれが、人生なのだ――無数の死者たちの声でもある。

戸田から南に下る道路は海を見下ろしながら、海岸線の高いところを通っていく。そこを走るときいつも私の脳裏には、沼津に住んでいた歌人・若山牧水の有名な歌が浮かび上がる。

白鳥は　かなしからずや　空の青　海のあをにも　染まずただよふ

亡父もよく口にしていたこの歌を、今までは青と白のコントラストという絵画的な趣きを以って受け止めていたが、このところ「かなしからずや」の句が前面に出てくる。青色はキリスト教世界では、イエスを失ったマリアがまとうマントの色として、悲しみの徴《しるし》とされることが少なくない。私はハンドルを握りながら、マッタツからのメールに対する戸惑いが引き起こした「過去の色は？」という問いに対して、この海の深い群青色はどうだろうかと考えたりする（口絵15）。

二〇二三年七月

# おわりに

西伊豆の海に浮かべた小舟から釣り糸を垂れつつ、最近アオブダイなどが釣れるようになったせいか、ときどき沖縄のことを思い出す。もうかれこれ十年以上行っていないが、民芸運動指導者・柳宗悦を扱っていた頃は、よく訪れた。彼は紅型《びんがた》の染め物や壷家《つぼや》の器に熱い視線を送っていたが、その眼差しは沖縄方言にも向けられていた。彼が日本語の祖型として保存を訴えたこの方言は島ごと、集落ごとに差異をもつため、ときにはその話者がスパイ扱いされたことすらあったという。そんなことを知ったのは、あの頃のことだ。

私が属していた「哲学」という学界は、今遠ざかった地点から眺めてみると、かつての南の島に似ているように思える。哲学という特殊な営みは今日、知的世界全体のなかでかなり小さな領域を占めているにすぎない。そのことは、アカデミーのなかでの人口比率、あるいは消費される研究費の規模からして、否定しがたい事実であり、したがってごくごく小さな島にすぎず、ひょっとすると気候変動で海面下に沈んでしまうのではないかとさえ思ったりする。学界全体の気候変動には、いろいろな要因が働きかけているだろうが、効率性とか有用性とかいった現代の動向はその主たるものの一つにちがいなく、己れの前提となるものへの絶えざる反省的眼差しを旨とする哲学は、まさに「役立たず」のものとして沈下の危機に瀕している。

島の小ささとは別に、さまざまな方言を生存させているという点でも、哲学の世界は南の島と似ている。哲学というこの小さな島にも、まだそれなりに住民が住んではいるが、いくつもの集落に分かれていて、それぞれ話す言葉はかなりちがう。哲学は、生産性が求める進歩と無縁であり、どうしても回顧的なものになりがちだ。この知に慣れ親しむためには普通、過去の哲学者が残したテキストを読解し、それを学ぶことから始めるのであり、したがって対象とするテキストが属していた時代ごと、またそれが書かれている言語ごと、さらに個々の哲学者ごとに集落が出来上がるわけである。島の或る場所に古代ギリシアの区域があり、そのなかにはプラトンの村落もあれば、アリストテレスのそれもある。別な場所には、近代ドイツ哲学の地方があれば、現代フランス哲学のそれもあり、それぞれにはカント村もあり、ドゥルーズ村もあるといった具合だ。日本人としてそれぞれの言語を習得することはそもそも簡単ではないし、だいたい哲学者なるものは、語りにくいことだけでなく、はては語ることができぬものさえも語ることによって指し示そうとするから、たやすく理解できるはずがなく、努力が必要とされる。わけのわからないテキストもいつかはわかるだろうという期待感だけに突き動かされて、来る日も来る日も読むので、修行のための滞在期間は、自然と長くなる。少なからざる脱落者や逃亡者も出るこの世界にしがみつき努力を重ねた結果、最初ちんぷんかんぷんだった「哲学語」が口をついて出るようになってようやく、その村の方言に習熟することが可能になる。そうしたイニシエーションを経て人は、さらに努力を重ねリスペクトされて村落のリーダーになっていく。

哲学の個々の「方言」は、よその者にとって魅力的に映ることもある。その世界に通暁した者のみが理解できる秘儀的な言葉に惹かれて、そこに足を踏み入れる者もけっして少なくはない。かくいう私自身も半世紀前はそうした一人だったのであり、人気のない文学部図書館の閲覧室で過ごした青春の時間の記憶は、今でも黴臭さとともに蘇る。私が入っていったのはマルティン・ハイデガーという名の村落で、あれはちょうどハイデガーその人が死んだ翌年のことであった。初級文法を学んだだけのドイツ語力と辞書、そしてそれ自体難解な訳書とを以って『存在と時間』の頁を繰った夏の日々、人影がまばらになったキャンパスには蟬の声が響いていた。

他の哲学者も多かれ少なかれそうだろうが、ことにハイデガーのテキストは秘儀的な言葉、いわゆるジャーゴン、つまり専門家以外には意味不明にしか聞こえない言葉を多分に含んでいて、その世界に入ろうとする者を悩ます。テオドール・アドルノという哲学者がまさに「ジャーゴン」と揶揄した『存在と時間』の「本来性」など、私にいわせればまだましな方で、晩年になればなるほど、彼の言葉は秘儀性の度合いを増すのであり、「方域《ゲフィアト》」とか「明け開け《リヒトゥング》」とかになると、たとえ哲学の島の住人であっても、この村落から少し離れて住む者には、蝦蟇《がま》の油売りの口上ほどにしか聞こえないにちがいない。そんな批判は当然何度も耳にした。

もっとも不可解さは、百万遍念仏と同様、恍惚感に統一された集団を生み出すこともある。しばらく前になるが、日本建築学会に招かれたとき、そうしたジャーゴンの魔力を実感したことがあった。建築学の世界は、哲学の方面から見たら、途方もなく巨大なものだ。私がシンポジウムの提題者として参加したのは、この学会の西日本支部、しかもその一セクションにすぎなかったが、それでも私が知る哲学系の全国規模の学会とほぼ同数の聴衆が居たから、この世界は、「島」というよりも、「大陸」に近いと思ったものだ。工学系のなかでも建築は、人文的要素の入りやすいところではあるが、そのセクションで耳にしたのが、ハイデガーのジャーゴンで編まれた報告だった。ハイデガーには、「建てる・住む・考える」など、建築を念頭に置いたテキストがあるが、これを中心に展開された報告は、実に自信に満ちた滔々としたもので、報告者は自らの言葉に酔っているようですらあった。建築家の友人に尋ねてみると、この報告者が属すグループの間では、ハイデガー語が流通しているという。そのグループは、おそらくかつてだれかがかの村落を訪れ、ジャーゴンの魔力にあてられて、これを建築の島にもち帰り、周りに感染者を増やして出来上がったコロニーにちがいないと思った。建築学のような大きな世界にまで感染するとは、と改めてハイデガーの言葉の魔力に感心しつつ聞いていたが、残念ながら浮遊する言葉のなかから、建物とか空間とかいった肝心の事柄が見えてこなかった。

そもそも言葉が、別な場所へと飛び火すること、もともと話されていたかたちから変化していくことはよくある。だがピジンにしろクレオールにしろ、それを話す人々の生の現実との関りを含んでいるはずだ。そのことを重ね合わせてみると、語られたハイデガー的言説が、建築そのものとどう関わるのか、もっといえばハイデガーなど読んだこともない建築家にとってどういう意味をもつのか、ということが気になった。「方域」など言葉として知らなくても、建築家は立派な建物を建てうる。結局飛び火してできたジャーゴンの世界は、私には表層だけの模倣からなる虚しい響きが行きかう印象しか残さなかった。もちろん可能性は否定しない。ただしこの世界が成熟し、ハイデガー的ジャーゴンの口真似から離れて建築や空間との生きた関りを結ぶようになるには、まだ時間と努力、そしてなによりも自ら考えることについての覚醒が必要ではないかと思った次第である。

もっとも本家本元においても、秘儀的言語の反復によって、事柄を見失うことは十分あるし、現在のハイデガー研究者と話していて、そう思ったことがないわけではない。思うに肝心なことは、思考の痕跡としてのテキストを私たち自身の生の現実のなかで、今一度、いや実は初めて——かつてあったとしても、それはたしかめようのないことだから——生かすことだけだ。哲学に限らず言葉はそのまま繰り返したところで、活性化への通路を開けてはくれない。それはただの概念、もしくは干からびた記号のままだ。「愛する」という言葉一つとっても、それが己れの経験のなかに根を下ろしたときに初めて、自らの心は熱くなり、また相手に通じるという奇跡も起こる。哲学《フィロソフィー》という、その原義からして「知を愛する営み」もまた、自らの経験のなかで言葉を育てなければならない。経験が今ここの私のものである限り、それは誰であれ他人《ひと》の言葉の反復ではなく、自分自身の言葉の鋳造を要求する。少なくとも私はそうしたものとして哲学を理解してきた。

自らの言葉を鍛えることは、ジャーゴンの集落をあとにすることへと人を導く。私の場合、集落から出る最初の一歩は、「有用性の蝕」というキーワードに導かれていた。ハイデガーのセリフではないこの言葉は、内容的には、科学技術化の徹底がもたらす事態を指している。科学技術があらゆるものを有用化していくこと、すなわち手段化していくことだとしたならば、ついには目的の不在を導くその運動は、必然的に有用性そのものを空洞化させる。「人間のために」と通常考えられている科学技術が人間をも手段に変えてしまうというのは、目的喪失と有用性の自己解体を示す具体的現象である。

ただし「有用性の蝕」というこの言葉は、科学技術を批判したり退けようとしたものではないし、あるいはまた、なんらかのかたちでの是正を提案しようとして語られたものでもない。むしろ私は、有用性が空洞化したあとの暗い空間に眼をやっている。ものが有用だとしても、ものそのものに有用という性格は属していない。有用性とは人間が与えた性格づけでしかない。したがってこの性格が空洞化しても、ものは存在する。人もまた生きている。有用性以前のこの暗闇、蝕が開くこの空洞は、およそ私たちがものと出会い人と出会う原空間である。有用性の見かけが剝ぎ取られたあとであっても、ものや人が存在することの空間とは、いったいなんだろう。私にとって哲学の事柄とは、日蝕の時に姿を現わす星々のようにものと人が浮かぶ、この暗い空間以外のなにものでもない。

この場所は、ものや人との関わりをベースにする知という営みが根を下ろす空間でもある。それは、「哲学」という知のあり方を島にたとえたところに引き戻していえば、この島が建築学を始め、他の知的世界の島々とともに浮かぶ海とイメージすることもできよう。日蝕のときの空がなお視覚的なものとして遥か上方に開かれているとするならば、自らの存在の奥底に潜むものとしては、海、もしくは海の底のイメージの方が近いかもしれない。育った集落をあとにした私は、「有用性の蝕」という手製の竿をもって、この海に糸を垂らし始めたのであり、エッセイという言葉のかたちは、私なりに考案してみた仕掛けであって、本書に集めたのは、その仕掛けを通じて伝わってきた海底の様子の記録である。この記録が、いつか読者諸兄姉自身の経験のなかで、再度、いやむしろ初めて、生き生きしたかたちとなるならば、これに勝る悦びはない。

ときどき訪れる西伊豆の温泉の湯船には、夕刻ともなると、近隣の浜の漁師たちがやってくる。彼らのなかには入れ墨を背負った者もいて、広くない湯船の内外に、電灯に照らされた紋々は、灯《ともしび》に集まって舞う蛾の羽を連想させる一種妖艶な光景を浮かび上がらせる。そもそも入れ墨は、南方の文化だということをいつだったか読んだことがある。宇久《うぐ》須《す》、安良里《あらり》、妻良《めら》……。西伊豆に点在する漁村の名前を表す漢字は当て字にすぎず、おそらく音として「海の道」を伝って流れてきた。青木繁が《海の幸》を描いたという布良《めら》は、この道をもう少し東に行った房総半島にある。老いた漁師たちが話す言葉は、私自身再現できないが、幼い頃祖母の口から聞いていたものと通ずるその響きに、彼らの記憶のなかに沈殿している海の底の様子を想像しながら、夜が更けていくのを改めて感じるのである。

湯煙に　滲む男の子の　入れ墨は　わだつみの底の　いろこを映す

最後になるが本書を世に出せたことに関して、まずは「梅三話」に登場する澤田美恵子さんに感謝しておきたい。書かれた草稿を読んだ上で、一冊にまとめて出すことを勧め、以前自身の著書を出した理論社を紹介してくれたのは彼女であった。
理論社は児童書出版を事業の中心に置く会社だが、私個人にとっては倉本聰の出版社であり、手元に彼の脚本コレクションやエッセイ集を多数保有している。そこからわが著書を出すことは、倉本ファンとしても大きな喜びである。

澤田さんが紹介してくれた理論社の佐藤百子さんは、営業局長という激職にあるから有用性の世界で戦っているわけだが、役にも立たないという意味で反時代的な書物にもかかわらず、本書がかたちをなすまで面倒を見てくれた。感謝の言葉はなかなか見つけられない。

実際の編集作業をしてくれた小宮山民人編集局長に対しても、もちろん同じである。巻頭に口絵をもつ本を出すのは私にとって初めてだが、そのアイデアを提供し実現してくれたのは、小宮山さんその人である。

二〇二四年一〇月二九日　明方微雨　「無用庵」にて記す

**伊藤 徹**（いとう とおる）

京都工芸繊維大学名誉教授
1957年静岡市生れ
静岡県立静岡高等学校、京都大学文学部卒業
京都大学博士（文学）
主要著書
『柳宗悦　手としての人間』（平凡社、2003年）
『作ることの哲学』（世界思想社、2007年）
『芸術家たちの精神史』（ナカニシヤ出版、2015年）
『《時間》のかたち』（堀之内出版、2020年）
*Wort–Bild–Assimilationen*. Japan und die Moderne, Berlin 2016
*Film Bild Emotion*, München 2020

やくたいもない話

2025年4月初版
2025年4月第1刷発行

作者　伊藤 徹
発行者　鈴木博喜
発行所　株式会社理論社
〒101-0062　東京都千代田区神田駿河台2-5
電話　営業03-6264-8890
編集03-6264-8891
URL https://www.rironsha.com

装幀・組版　アジュール
印刷・製本　中央精版印刷
編集　小宮山民人


ISBN978-4-652-20682-9　NDC914　四六判　20cm　P271